唯有幸福 不可阻挡

郑晓雷 著

长江出版传媒　长江文艺出版社

自　序

诗歌于我，是一件个人的事情。

我已经度过了很多岁月，这些年来，我认真扮演着社会分配给我的角色——一个平凡的对社会有益的普通人。

然而，喜欢阅读和写作的我，内心拥有着一个并不平凡的奇妙的文学世界。

我流连于瑰丽的文学世界，沉浸于文学家们的幻想。阅读之余，也尝试着写写诗歌。两年来，也有了两百多首，于是便有了这一部诗集。

曾经，去朋友家做客。工作室里挂满了他的油画作品，大都是风景画。朋友说："每幅作品都是记录着一段美好的时光，比如说，这幅画是在黄山脚下的宏村画的，那一幅是在云南大理洱海旁边画的，那时候我还在读书，和同学们一起坐火车去写生，一去就是半个多月。画那个荷塘时，我正在谈恋爱，现在女朋友已经变成夫人了。"

我不禁羡慕起他了。然而，我却没有绘画的才能，不能用线条和色彩去描绘那些美好。好在我可以用诗歌来记录自己生命的历程。

在编纂这一部诗集的时候，忽然发现，自己情绪的变化竟然与二十四节气有着某种神奇的呼应之处。于是便按照二十四节气，给诗集分小节。

岳母见我望着日历上的二十四节气出神，便和我聊了起来。岳母说农村就是按照二十四节气种庄稼的，记不住节气会被人笑话的。田间地头，劳动之余农人们之间常常互相发问，现在是什么节气了？立夏了？不对吧，立夏了怎么还不热呢？你一定是搞错了！哈哈，众人便一起愉快地笑了起来。于是，被诘难的人便拼命找出一大堆理由来，急切地加以反驳。说话的功夫天就黑了，月牙儿就爬上来了，大家便踩着田埂小道，扛着锄头、挎着竹筐各自回家。

我是个无知的人，并不晓得二十四节气，笔耕的时候也没有参考它。然而，我是农民的后代，血管里流淌着农民的鲜血，我的祖先世世代代生活在中原大地，春种夏长、秋收冬藏，按照二十四节气，过着有规律的农耕生活。这也许是我内心情感变化与二十四节气相呼应的原因吧。

是为序。

郑晓雷

2016 年 12 月 12 日

目　录

辑一　冬至

辑二　小寒·立春

辑三　雨水

辑四　惊蛰

辑五　春分

辑六　清明

辑七 谷雨

辑八 立夏

辑九　小满·夏至·小暑

辑十　大暑·立秋

辑十一　处暑·白露

辑一 ｜ 冬至

咖啡馆

黄昏时分，
你来到我的身旁
暮色渐渐温柔

最后一缕阳光
鸽群般落在你的身上
你枕着我的双膝
散落下含着风的头发

睡梦中的人啊
你我都是生命的过客
只有缪斯才是世界的主人

2014. 12. 22

黑夜中的舞者

像黑天鹅在一湖秋色中独自游弋
像一片红叶以飞舞的姿态飘入水中
我是黑夜中的舞者
将孤独演绎成优雅的艺术

像大雁在满天红霞中独自飞翔
像一朵水仙花在岸边寂寞地盛开
我是黑夜中的舞者
将死亡化为曼妙的舞步

黑夜是孤独唯一的陪伴
那支小小的芦笛
是我生命意义的全部

2014. 12. 24

我对太阳着了迷

突然之间，我对太阳着了迷
我注视着这块红色的石头
从黑暗中升起，又向黑暗中沉去

这是一个任性的孩子，总是那么顽皮
将马路一侧的树叶染成绯红
任由另一侧依然碧绿

它让居民楼，一扇扇平凡的窗子
闪烁出耀眼的光芒
却让钻石在黑暗中哭泣

它变成红色的氢气球
从汽车后视镜里，冉冉升起

亲爱的，我没有想你
整天我都在忙着拍照
想把朝霞和落日　送给你

2014. 12. 24

冬季恋情

那年冬天，他喜欢上了
一个怕冷的女孩
她温暖了他的心
自己却冻得嘴唇发白

那年冬天，他爱上了
一个爱笑的女孩
她让他快乐得像个孩子
自己却总是严肃地思考着未来

那年冬天，他爱上了
一个倔强的女孩
她点燃了他的勇气
丘比特来了，她却躲了起来

2014. 12. 25

美丽的辛波斯卡

美丽的辛波斯卡
有着天使的脸庞
她低垂着双眼
笑着翻阅的报纸
却极为寻常

我爱着这位诗人
爱她奇妙的幻想
因而也爱着波兰
那个勇敢而忧伤的地方

只有玫瑰才能盛开成玫瑰
你笑着说
一副自信的模样
哦，这些就是喜马拉雅了
你惊叹道
陶醉在对雪人的想象

你与路边的石头交谈
你与自己的衣服竞赛
石头终于为你打开了前门
衣服无声地庆祝自己战胜了时间
你不必再为天使不会阅读担心
从零开始，你可以教会他们
一口纯正的波兰语

2014. 12. 26

一个瑜伽教练的修养

两个练瑜伽的姑娘
将身子折成不可思议的模样
像是空纸板箱，打开又合上

纸箱太虚空
还需要装上哲学、心理学
以及佛教思想
姑娘笑着说：这才符合一个瑜伽教练的修养

两个陪酒的姑娘
将脸蛋涂抹上浓艳的妆
像是这豪华的都市，虚假而漂亮

人生太虚空
还需要装上金钱、美酒
以及远大的理想
姑娘摇着骰子说：这才值得陪人唱歌
做出可爱的模样

2014. 12. 26

都市民谣

这是一个落魄的歌手
背着破吉他在都市的街头流浪
虚无的肥皂泡在太阳下轻轻飘扬
橱窗里并没有一枝百合在默默守望

是谁躲在幸福的面具下苦笑
在热闹的舞台后彷徨
是谁端起生活的苦酒
却浇不灭心头的渴望

都市很大
能否装得下我们的梦想
睡思昏沉的生命
何时能绚丽成烟花怒放

2014. 12. 27

咖啡厅的黎明

她跪在大门前
神情专注地擦着玻璃

她们在阳光下干活儿
昨天存在过的痕迹
正在被齐心协力
一点点抹去

中年夫妇推门进来
认真地向一个女孩讲述人生道理
一对恋人笑得像孩子
一个孩子严肃地与父亲讨论黑洞问题

一点点变暖的阳光
也会在黄昏渐渐逝去
在黎明到来之前
咖啡馆里封存着人生的记忆

2014. 12. 28

走到树的里面

我想走到
墙的里面
一面红颜色的砖墙
从此消失不见

我想走着
走着　　就进到一棵树的里面

不想被风看见
不想被街道听见
不想被目光找到
不想
你不在我的身边

2014. 12. 28

阳光下的罪恶

这是个太平盛世
城里人却在担心孩子被拐卖
日复一日,长辈们耐心地站在校门口
沉默地抗议着这阳光下的罪恶

他们大多是年迈的老人
矮小的个头,衰老的身体
眼睛里交织着爱与恐惧
手里拎着豆腐和鲫鱼

日复一日,长辈们准时出现在这里
像是永不迟到的落日
像是用沉默抽打这块并不宁静的大地

2014. 12. 28

爱情几何学

爱情
是超越时空
永不止息的直线
是舍弃无数的方
才能得到的唯一的圆

爱情
是亘古不变的定理
遵循它，才能画出最美的黄金分割线

爱情
不是虚幻的完美
不是河流的第三条岸

2014. 12. 29

祈祷（之一）

缪斯女神
我虔诚地向你祈祷
在新年的第一个黎明
太阳还沉睡在大海的怀抱

请将我化为你唇边的芦笛
携带着翻山越岭
为大地的深沉而歌唱
让美妙的音符在辽阔的天空飞翔

请让我的心成为清澈见底的湖水
上面写满印象派唯美的诗句

请把我澎湃的激情　拿去
请把我剧烈的情感　拿去
让这火一般的灼热
绚烂成烟花似的诗句

缪斯女神啊
我是怀着怎样虔诚的心
在向你祈祷啊
比起你的恩赐
世间的一切都不重要

请赐给我

流星雨一般
优美的诗句
请让我的灵感永不枯竭
请让我的心成为美的栖息地
请让我将快乐和忧伤
演绎成一支支动人的歌曲

缪斯女神啊，请别将我抛弃
我是你忠实的仆人
是你手中一件卑微的乐器
一切荣耀都归于你
没有你的恩赐
我只是岸边
一株平凡的芦苇
在晚风中摇摆
在晚风中死去

2015. 1. 1

请别把我想象得那么美好

请别把我
想象得那么美好
她低下头轻轻地说
唇边一抹羞涩的晚霞

请别把我
想象得那么美好
她依偎在梵·高的肩头
眼睛一闪灼热的星光

画家爱自己的想象
爱情比想象更加美好

2015. 1. 1

宣 言

他是一位诗人
众人诧异的目光中
请你坚定地说

他是一位诗人
若是没有葬礼
请你在心中
这样默默地说

他的胸膛里
是一颗滚烫的心
他的身体里
是一个美的灵魂

2015. 1. 1

谢　幕

昨夜的星空
已成为鸽群飞翔的蓝天
满载着悲痛与欢欣
我们驾驶着生命的小船

轻轻地睁开吧
被泪水洗过
更加清澈的眼睛
每个生命都是精彩的表演
每场表演都有自己谢幕的方式

2015. 1. 1

马奈的最后一幅作品

那双凝视过马奈的眼睛
如今，也在凝视着我
那目光里写满疲惫
如死亡一样透明

1881 年，疯狂恋人酒吧
你为别人斟满欢笑
从命运那里领到的却是一枚苦果

深深打动了马奈的
不是喧嚣的浮华与快乐
而是悲哀——这命运的底色

我凝视着马奈临终画作
死神也从画布后凝视着我

2015. 1. 2

爱情是什么

爱情是什么？
是优美的音乐
你塞给我一只耳机，俏皮地说
是一支舞
是一切关于美好的事物
是一段愉快的回忆
回忆里　有我
也有你

爱情是什么？
是优美的风景
你递给我一张地图，兴奋地说
是一首歌
是一切关于幸福的东西
是一段快乐的旅行
旅途中　有我
也有你

爱情是什么？
是舒服的窝儿
你扔给我一只枕头，眨眨眼说
是一个家
是一切关于生活的事物
是一生安稳的岁月
岁月里　有我

也有你

爱情是什么？
是死神的镰刀
你留给我一部诗集，啥也没说
是一颗心
是一切关于消逝的东西
是一串孤单的脚印
爱情里　有我
也有你

2015. 1. 2

祈祷（之二）

缪斯女神啊
请让我再回到你的怀抱
让我这把破旧的琴
演奏出动人的歌谣

缪斯女神啊
请让我的心再次燃烧
让我写出灼人的诗句
像星空一样美妙

缪斯女神啊
你的仆人
在虔诚地向你祈祷

2015. 1. 5

一个没有窗户的房间

在一个没有窗户的房间里
思念着外面的风景

每天乘坐的地铁里没有水
挤满了奄奄一息的沙丁鱼

多希望生活不再凝滞
日子像明信片一样美好

多希望风起的时候，展开双臂
像被季风惊起的候鸟

多希望星光闪耀的时刻，迈开双腿
野马一样在草原上奔跑

2015. 1. 6

风　景

记住这一路风景吧
离别的日子
让我拥有
更具体的思念

2015. 1. 6

辑二 ｜ 小寒・立春

祈祷（之三）

缪斯女神啊
感谢你让美妙的诗句
俏皮地在我的笔尖跳跃
感谢你将我的泪与笑
酿成甘甜的泉水
让我成为爱与美的供应者

缪斯女神啊
所有的荣耀都归于你
哪怕是纪伯伦与席慕蓉
也只是你唇边的一只芦笛

带上我这只芦笛吧
让我也奏响优美的旋律
清晨，大地洒满露珠
每一颗露珠
都是我晶莹的诗句

我的心在奔腾中永生
却会在孤寂中死去
缪斯女神啊
请使用这卑微的泉水吧
让它给沙漠带去绿洲
给人们的心灵以慰藉

2015. 1. 7

忧 伤

沿着宁静的大河
一只白鹭翩然飞翔
它追逐的是缥缈的晚霞
身影怎能不令人忧伤

玫瑰花的尖刺扎进心脏
一只夜莺婉转歌唱
它追求的是无望的爱情
歌声怎能不令人忧伤

沿着宁静的雨巷
一位姑娘美如丁香
她追寻的是逝去的青春
脚步怎能不令人忧伤

死神的冰刀已刺入胸腔
一只夏虫轻声吟唱
它追求的是无情的秋月
歌声怎能不令人忧伤

2015. 1. 7

祈祷（之四）

缪斯女神啊
我怀着无比虔诚的心
向你祈祷
在这大地沉睡的时刻
一个静悄悄的黎明即将到来

请驱走我内心的黑暗
拂去心上的尘埃
让它是美的
也将世间的美好观照

请赐予我优美的诗句
不竭的灵感
请借助我的手
让世人分享你的荣耀
给世界带来爱与美
哪怕我成为酿过酒的糟糠
哪怕我成为流着泪的蜡烛
哪怕我最终跌落云端
只是一只挂在树上
破碎的风筝

请使用我吧，缪斯女神
让我酿出美酒、贡献光明
为世界留下一个飞翔的身影

2015. 1. 8

华政的黎明为你升起

——纪念在外滩踩踏事件中失去的两位学生

回来吧，孩子
华政的黎明为你升起

这里是爱着你的人们
是一张张熟悉的笑容
是热情的手臂
再也不用担心在黑暗中跌倒

回来吧，孩子
华政的黎明为你升起

这里是你爱着的人们
是一声声热情的呼唤
是温暖的拥抱
再也不用在黑暗中寻找

回来吧，孩子
华政的黎明为你升起

这里是你熟悉的校园
有依依惜别的亲人
有为你守候的独角兽
盛开的玫瑰
再也不会在黑暗中凋零

回来吧，孩子
再也不需要在黑暗中等待
让华政的黎明为你升起
让我们的心带你找到光明

回来吧，孩子
不要在黑暗中彷徨
回来吧，孩子
让这里的眼睛，不再饱含泪水
让这里的言语，不再充满忧伤

回来吧，孩子
回到我们的身旁
无数温暖的心在为你祈祷
华政的黎明在为你歌唱

2015. 1. 8

唯有幸福不可阻挡

我伸出手掌
却挡不住这暖暖的朝阳
我闭起双眼
笑容仍在脸上荡漾

我关上门窗
却挡不住玫瑰的芬芳
我塞上双耳
心儿仍在轻声吟唱

我躺在生活的床上
平庸地睡去，什么都不想
大地却变成了蔚蓝的海洋

我端起命运的酒杯
一饮而尽
苦酒却变成了琥珀色的佳酿

2015. 1. 11

请和我跳一支舞

亲爱的，来吧
请和我跳一支舞
音乐已经响起
到处都是快乐的空气

亲爱的，来吧
伸出你的手
舞动你的身体
不要再盯着往昔
让灵魂重新回到身体

亲爱的，来吧
踮起你的脚尖就能够到天堂
转动你的裙裾像公主一样
不要在黑暗中睡去
让生命的每个网格都涂满色彩

亲爱的，来吧
请和我跳一支舞
让灵魂的归灵魂
让身体敲打着震颤着大地

亲爱的，来吧
请和我融入这支舞曲
哪怕命运把你踩在脚底

哪怕你的心中满是伤痛的记忆

亲爱的，来吧
嗨！这舞曲多么俏皮
让我们的舞步
满是春日的甜蜜

亲爱的，来吧
跟着这动人的旋律
点燃　你的激情
舞动　你的身体
让生命燃烧成热情的火炬

亲爱的，来吧
请和我跳一支舞
你已经错过太多
不要再错过这支乐曲

亲爱的，来吧
请和我跳一支舞
别再说
生命是一袭华美的袍
可惜落到了乞丐的手里

亲爱的，来吧
请张开你的双臂
别再想
为什么幸运的钟声
总是为别人响起

亲爱的，来吧
请和我跳一支舞
伴着这酷酷的音乐
把一切的一切
都踩进泥土里

等到春天
阳光下的大地
满满盛开着的是
我们色彩斑斓的回忆

2015. 1. 11

祈祷（之五）

缪斯女神啊
我再次向你祈祷
请不要让我
从黑暗中醒来
又在黑暗中睡去

请不要让我无病呻吟
请不要让我高贵的心田上
荒草丛生
借着巴赫的作品
透过唐人的诗歌
我已经分享了你圣洁的光辉
欣赏到了你星空一样欢欣的美

缪斯女神啊
请使用我这把低音提琴吧
它愿意为你演奏出
深沉的歌谣
请敲打我这个低音鼓吧
它想为你发出
风雷深沉的轰鸣

缪斯女神啊
请打开我吧，使用我吧

让我的生命为艺术而狂喜

让我的灵魂绚丽地燃烧

2015. 1. 13

大提琴手的爱情

为了你，我心爱的姑娘
我笨拙地搬来自己心爱的大提琴
并把它奏响
琴声悠扬
吟唱着黎明一样美好的爱情
赞颂着玫瑰花般美丽的姑娘
楼上撒下一串串银铃般的笑声
"快看，快看！来了一只猴子
弹奏着大象才能使用的吉他
真是让人笑个不停"

为了你，我心爱的姑娘
我郑重地着装
并把自己心爱的大提琴奏响
琴声悠扬
流淌着泉水般纯净的爱
饱含着让石人落泪的热情
楼上飞下来一群白鸽般的笑声
"快听，快听，来了艘万吨巨轮
鸣着汽笛震得耳朵嗡嗡嗡
真是让人笑得不行"

为了你，我心爱的姑娘
我捧出火热的心
来把心爱的低音大提琴奏响

琴声悠扬
蕴藏着大海最深沉的爱
奔腾着能熔化岩石的热情
楼上传来蜂群般密集的笑声
"快跑，快跑，来了暴风骤雨
到处都是雷声轰隆隆
真是让人笑得肚子疼"

再见了，我心爱的姑娘
我带着破碎的心
来把心爱的低音大提琴奏响
琴声悠扬
吟唱着伊甸园般的故乡
思念着月亮一般美好的姑娘
乌拉，乌拉，台下传来雷鸣般的掌声
我倾倒了整个城市
却无法获得心上人儿的爱情

2015. 1. 13

祈祷 （之六）

缪斯女神啊
我虔诚地向你祈祷
在这悲伤的时刻
请指引我的心
别让它在黑暗中煎熬

缪斯女神啊
我的青春已经逝去
我的生命也请拿去吧
没有你的眷顾
活着也索然无味

缪斯女神啊
我不羡慕早慧的莫扎特
不嫉妒拥有向日葵的梵·高
我只想是你携带的口琴
在晚风中轻轻响起

缪斯女神啊
我虔诚地向你祈祷
在这痛苦的时候
请赐予我才华的甘霖
别让我的心田干枯成沙漠

2015. 1. 13

周末，我是荒淫的皇帝

周末，我是荒淫的皇帝
抛却了整个世界
只和愉悦在一起
像一片喜悦的树叶
在激情的暴雨中颤栗不已

周末，我是倨傲的哲人
抛却了所有规则
只和爱情在一起
像只欢快的鱼儿
在时光的小河里游来游去

周末，我是撒娇的孩子
抛却了岁月的痕迹
只和青春在一起
像只自由的风筝
在儿时的蓝天下飞来飞去

周末，我是自信的演讲家
抛却了所有的怯懦
只和自信在一起
像位不知疲倦的织布匠
在言语编织的吊床上伴你睡去

周末，我是贪心的农夫

抛却了耕耘的辛劳
只和收获在一起
像阵醉人的秋风
在金色的麦田中翻涌着甜蜜

周末，我是我的
我不属于这个世界
我只属于我和你
像梦想属于星辰大海
像启明星属于黎明
像光明属于火焰
像死亡属于生命
亲爱的
就像爱情属于我们自己

2015. 2. 2

广场的舞蹈（十四行诗之一）

我看见在摩天轮下的广场上
几十位老人，或杂着中年人
迈着机械的步伐跳舞
是为了追求健康，还是

为了一个逃避的借口？
是为了忘记死去的老伴，还是
为了离开空巢的家庭？
呆滞的舞步没有停息

像整个的生命都已休止
灰色的广场里，在广场外
彩色而巨大的摩天轮缓缓转动

我觉得他们已经忘记了
年轻时优雅的狐步舞
音箱旁边一只疲惫的狗在等候

2015. 2. 3

山谷的野百合 （十四行诗之二）

我的一生常常被忧虑困扰
直到与野百合相逢
你静静盛开在山谷中
帝王最华丽的服饰也不如你的妆容

但你躲避着一切浮华
伫立在轻轻柔柔的晚风中
不为明天感到忧虑
静默成一道风景

所有的赞美，所有的荣光
伴随着阳光到来，伴随着星光睡去
有的化成了漫天的蒲公英

你睥睨着世人的骄傲
明炉里如今，不见野花
人如柴火，都用炉烧

2015.2.3

咖啡厅里的老人 （十四行诗之三）

咖啡厅水晶吊灯下
并排坐着满头银丝的两位老人
一个灰色羊毛衫
一个紫色上点缀着星星

抬手向后理理头发
顺势摸摸头顶的水晶
湛蓝色的像猫眼
琥珀色的是晚归时家中温暖的灯

老年人属于记忆，以及
温暖的咖啡厅
年轻人拥有整个世界也被世界拥有

死神穿着套头衫默默坐在角落
不耐烦地盯着墙上那座
早已偷停的老式挂钟

2015. 2. 3

黑暗中穿越心灵 （十四行诗之四）

我们在黑暗中欢娱
将满天星斗关在门外
原野在夜色中画卷一般舒展开
深沉的大河从过去流向未来，窗外

灵魂在月光下婉转地歌唱
洁白的栀子花静静地盛开
人生是个暂住一夜的汽车旅馆
明天告别这个陌生的房间，我们不再回来

亲爱的，请在黑暗中穿过我的心灵
你若点燃火炬，会惊叹那无尽的长廊上
敦煌壁画般，绘满了你飞天般曼妙姿态

我们在黑暗中互诉衷肠
苦涩的童年，无奈的生活，隐约的梦想
夜空中缀满言语的星星，一闪一闪的亮光

2015. 2. 7

勤苦的马路清洁工人 (十四行诗之五)

你说，你最爱这香樟树下
一条条生机勃勃的马路
多少孩子走过冬夏长成大人
多少恋人踏着落日与朝霞步入婚姻

你一直在寻找，谦卑的目光永远向下
将大自然与人类丢弃的一一拾起
你坚韧的头颅却从未低下
不管是严寒烈日还是命运不公正的风雨

马路因坎坷与肮脏而让人记取
清洁工人因默默奉献而被人忘记
勤苦的人们并不能分享财富与荣誉

你说，你最爱这马路上的黎明
路灯熄灭的时候，红日渐渐升起
不去想菲薄的工资，不去想是否老无所依

2015. 2. 9

文汇路西安王记 （十四行诗之六）

来吃西安凉皮吧，到下一个春季
今年在上海过年，平时不想家
越到年根儿越想回去

儿子在汉中读大一
会计专业，唉，不咋用功
寒假也来上海过年
自个儿找了个酒店在实习

回民街都是游客，不咋便宜
大雁塔音乐喷泉世界第一
这儿西安小吃正宗的不多，我们的面也不是手擀的

上海房租太贵，挺累挺有压力
发财要靠资本我们只有廉价劳动力
你也不是上海人啊？过年咋也还在外地？

2015. 2. 9

剃头发的小男孩 （十四行诗之七）

一个小男孩皮肤白皙
小身子围着大红罩衣，教皇一般端坐在巨大的理发椅
他神情严肃，闭着双眼
仿佛在思考着世界上最重大的问题

发丝柳絮般轻轻落下
时间如安安静静的孩子坐在那里
天使般平静的面庞
忽然添了双黑色的眼睛，带着怯意

他专注地注视着前方的空气
仿佛有万千子民
正匍匐在椅子前面的土地

他双眉微微蹙起
眼睛盛满了探询与悲戚
生活要求人们学会忍耐
一直安静地忍耐下去

2015. 2. 11

黑夜中明亮的星光 （十四行诗之八）

年复一年，我怀着一颗火热的心
虔诚地祈祷，殷切地盼望
如今我已霜染双鬓，下一个敲门的
不知是明天，还是死亡

走吧，别再痛苦，收起希望
跟随着陌生的送葬队伍快乐地走向死亡
冬日的原野没有庄稼
不需要稻草人在寒风中孤独地守候

"你说得对" 我笑着摇摇头
你有你快乐的真理
我有我痛苦的希望

日复一日，我在桂树下歌唱
黑夜中有凄冷的雨露
也有明亮的星光

2015. 2. 13

真想送一大簇玫瑰给你 （十四行诗之九）

真想送一大簇玫瑰给你
让爱情的花朵在你桌上静静盛开
从清晨到夜晚
空气中都流动着浪漫与甜蜜

真想送一个阿拉丁神灯给你
让爱情的宫殿得到神灵的庇佑
从春夏到秋冬
人们都在传唱着我们爱的奇迹

我却笨拙地扛来一大块画布
整幅画没有玫瑰
粗糙到没有装裱的痕迹

我要送你一大片土气的黄，一片忧郁的绿
因为我是梵·高，我是莫奈
只想把最好的自己送给你

2015. 2. 13

浮世绘

"噢，天哪！老孙家羊肉泡馍！"
你以手击额，陶醉地闭上了眼睛
你总是那么深情
当聊到诱人的食物与美丽的风景

"切 ~"
你嘴角一撇，嵇康一样转换着青白眼睛
你总是那么不屑
当别人试图干涉你的自由你的决定

"什么都听你的"
你咬着嘴唇，晚风一样柔和的笑声
你总是那么顺从
当你让别人决定那些鸡零狗碎的事情

"就这样吧"
你七手八脚地准备出门，突然说出一个重大决定
你总是那么无力
当你面对如火的青春，澎湃的爱情

2015. 2. 11

上海，请保管好我的梦想

这个城市怎么了？
每天数十万人，流沙一般地消失
到处都是离别的脚步
一如来时，那么匆忙

上海，哦，上海
我已经习惯了你的繁华
请暂时保管好我的梦想

"那是个冷漠的都市，
对，就是《上海滩》里的模样，
到处都是资本家
只是没有许文强，嘴里一根火柴棒"

"那里的话咱咋会讲？
哪里都是有钱人吃香东方明珠 50 块就能上
洋人常能见到，也不都是长得一个样儿"

上海，哦，上海
我已经习惯了你的生活
请暂时保管好我的梦想

这里是一个被称作魔都的地方
既是让人经历痛苦的地狱
也是孕育着希望的天堂

最美好的每天都在发生，也在死亡

这里是遍地黄金、十里洋场
有的人不劳而获发大财终日白相
有的人苦做死做穷苦命白干一场
最"美好"的是大家都在笑贫，不笑娼

上海，哦，上海
我已经习惯了你的生活
请暂时保管好我的梦想

我的住所离江苏很近
面积很大，总共有上百个平方
下一句，请允许我"呵呵"一声再讲
那只不过是大家共享的群租房

我是地铁里屹立不倒的（mu）偶（la）像
我的胃是地沟油的主要流向
我是道路也是悬崖
是绝望也是希望

这个城市怎么了？
每天数十万人，浪潮一般涌来
到处都是抵达的脚步
一如去时，那么匆忙
村里只剩下了孤独的孩子和病弱的老人
以及堆满了都市垃圾的池塘

上海，哦，上海
我已经习惯了你的节奏

请在我干瘪的口袋里重新塞满梦想

这里是钢筋水泥的丛林
是捕猎金钱的最好猎场
听，丛林法则已经宣布
我向着宣布者举起了猎枪

这里是青年劳动力的消耗地
老去的是来不及挥霍的青春
永远焕然一新的
是活成了妖精的梦想

2015. 2. 15

在不与人交接的时候

在不与人交接的时候
我感到自由自在
野性流动的血管开始发烫
胸口的刺青在月光下闪耀银白

在狼群出没的荒原
我是顶天立地的一株大树
刚强、独立、快乐的枝叶在风中挥舞

在雄鹰守候的高山之巅
我是沉默冷峻的岩石
坚硬、倔强、充实的内心从不孤独

比起喧哗的人群
我更喜欢寂静的山岭
深邃的星空、浩淼无垠的大海

在不与人交接的场合
我感到自由自在
文明的毒药渐渐褪去
快乐的潮水不知疲倦地奔涌而来

2015. 2. 15

我是你的黎明

我是你铁皮屋顶
雨落下来的声音

我是你扬子江畔
夕阳西下天际的帆影

我是你魔法笼罩下的城市
我是你窗外
一个又一个惶惑的黎明

2015. 2. 16

我是一个透明的梦境

我是你的清晨
是你一个透明的梦境

我是伴随在你身边
夕阳下长长的倒影

我是你指间的温柔
我是你唇边的吻
我是安静的广场
我是都市巨幅广告画上
永远温暖的笑容

我是你年老时炉边的回忆
我是你心底最深处的爱情

2015. 2. 16

辑三 ｜ 雨水

春 雨

窗外的春雨
繁弦急管
如匆匆而过的岁月
如骤然而起的马蹄
如被猝然击碎的心
滚珠碎玉般散落了一地

2015. 2. 27

春　运

非洲大草原上
数以万计的野牛
拖家带口，长途迁徙
穿过辽阔的大地
忍受着疲惫、干渴
以及死神不期而至的伏击

2015. 2. 27

漫步

　　——题马尔克·夏加尔油画

一个惬意的早晨
我们手牵着手
漫步在绿色的田野
农民把房子涂成了绿色
树木长着深紫与淡绿两种叶

我伸出右手
捉住天空飞过的鸽子
左手却把飞翔的魔力传给了你
哦，亲爱的
你双脚缓缓离地
小鸟一般翩然飞起

地上的我，天上的你
我们手牵着手
漫步在这迷人的春季

2015. 3. 3

思　念

我们是两棵大树
生长在大地的两端
身体里那一圈圈的纹理
不是岁月刻下的年轮
是彼此深深的思念

我们是两泓春水
栖息在山峰的两边
水面上那一圈圈的涟漪
不是燕子掠起的波纹
是彼此深深的思念

2015. 3. 3

别人的幸福

一

踏着溪边的小径
你向我走来
在这春天的苍穹下
你的眼神是那样孤独

穿过轻拂的杨柳
你向我走来
在这春天的原野上
你的神情是那样寂寞

你说你从未走进春天
也从未走进生活
幸福都是别人的
你从未感到过快乐

二

寂寞啊，真寂寞
你总是凝视着窗外
庭院深深
栀子花盛开又凋落

寂寞啊，真寂寞
你总是仰望着苍穹

云淡风轻
歌声飘来又飘过

你说你一直悬在空中
从未开始真正的生活
幸福是属于别人的
你拥有的只有寂寞

三

经过公园的长椅
你向我走来
在这浪漫的季节
你的面孔是那样苍白

穿过神采奕奕的人群
你向我走来
在这愉悦的春天里
你的脚步是那样无奈

你说你　从未拥有青春
也从未拥有幸福
幸运都是别人的
你从未收到生命的礼物

四

孤独啊，真孤独
你总是抓不住未来
落叶纷纷
梦想之花从未盛开

孤独啊，真孤独
你总是凝视着夜空
星光黯淡
凋落的愿望洒满湖面

你说你一直生活在拒绝中
从未离开过痛苦
快乐是属于别人的
你拥有的只有孤独

2015. 3. 3

医院速写

当你老了，满头银丝
你希望和心爱的人在一起
摇着夏夜的蒲扇
躺在睡思昏沉的摇椅

即使是在医院候诊
不忧也不惧
你摇晃着双脚
姿态像泳池边俏皮的少女

你把双手拍来拍去
仿佛在公园锻炼身体
你穿着土气的蓝格子上衣
红格子围巾来自上个世纪

你满脸核桃纹
心里却依然圆润如蜜橘
爱是默默的陪伴
胜过千万句甜蜜的言语

2015. 3. 6

无病呻吟

空气中散漫着阳光
你的眉头密布着乌云

河水里游荡着鱼儿
你的心里长满了野草

一切与生死无关的
都是无病呻吟

你用沉默的眼睛嘶吼着
啜饮下生活的毒药

2016. 2. 24

祈祷（之七）

赐予我灵感吧
亲爱的缪斯女神

金钱、名誉、时尚与享乐
我都全然不在乎
我的内心渴望着
写出灿若星辰的诗句

如夕阳一般美好
像日出一样充满希望
我是如此卑微
像森林中一株细弱的小草

缪斯女神，请您听啊！
小草在用生命呼喊
在用灵魂向您祈祷

2016. 2. 26

叶疯——致远方的友人

你终于吐出了一口闷气，将爱情冲下马桶
窗外是明媚的雨点，热烘烘的欲望丛生

谁的手在善良地发抖，谁在冷静地犯下罪行
大把大把的马尾草插在死鱼的口中——叶疯——

我终于脱离了上帝之手，将信仰扼死在梦中
到处是阳光下的罪恶，金灿灿的现实大赢

谁的心在悲愤地哭泣，谁在冷笑着扯下遮羞布
大片大片的罂粟花绽放在活人的眼中——叶疯——

2016. 2. 26

我想归隐到唐朝的山水画中

远处是传书的大雁
是如荠的树木
澄明如练的溪水穿山越岭而来
乱石中万马奔腾

转过沉静的深林
却又在浣纱女子的手中温柔成一面明镜
水面上泛着唱晚的扁舟
繁华若锦的晚霞点燃了牛背上牧童的眼睛

薄暮中炊烟袅袅升起
荷锄而归的邻人笑语盈盈
江畔是新月一样的沙洲
一弯新月倒映在琥珀杯中

莫负这杯中美酒、清秋雅兴
恰夜色正好、琴韵玲珑
不知今夕何夕，哪管是梦是醒，

我是怡然自乐的隐者，
闲居在唐朝的山水画中

2016. 2. 27

乱 码

木桶里的向日葵生机勃勃

像浴帘上飞舞的蝴蝶一样栩栩如生

风摇晃着香樟树黑色的剪影

一片树叶鸣叫着飞离枝头去迎接熹微的晨光

年轻的大金毛有节制地把主人带离路线

阳光叹息着，抚平银杏树皲裂的伤口

壁橱中的唐三彩被忧伤猝然击中

无数碎片跌落在大理石地面

2016. 2. 28

缪斯的目光

我感受到了　你的目光
如江南的春雨一般
落在我的心上
春天一样盎然的诗句开始发芽、生长

我感受到了　你的目光
如俄罗斯寒冷的风
凛冽在阿赫玛托娃身上
雪花一样美丽的诗句开始凝结、飘扬

2016. 2. 28

流浪者之歌

我是个流浪的行吟诗人
轻快的脚步穿过碧绿的田野和森林
清晨，我在奔流不息的大河之畔放声歌唱
黄昏时分，我在草原上升起欢乐的篝火

我是大地的儿子，是雏菊与狼群的主人
我喜欢拥着满天的星斗入睡
喜欢能歌善舞的牧人

我长时间地在戈壁滩上行走
在死神统治的沙漠里穿行
我从埋在黄沙里的白骨上读出了生命的意义

我是一株会行走的胡杨树
每一片树叶都焕发着生命的喜悦
我小心翼翼地保护好自己的翡翠指环
它能使我免受爱神的袭击

我喜欢像风儿一样自由自在
喜欢骑着骏马追逐着羚羊和牛群
我拒绝任何形式的奴役
不论是以亲情、友情、爱情
还是其他更加高尚的名义

我是一个平凡的人

只有几十年的光阴
我拒绝做一个奴隶
拒绝去讨好这个世界
拒绝去讨好任何人

我是大地的儿子
是自由自在的风和云
我是一位，在大地上快乐地流浪着的行吟诗人

2016. 2. 29

浪漫瞬间

起床、做饭、送孩子
晨光熹微中无暇欣赏灿烂的日出
柴米油盐的生活从忙乱中开始

突然之间，小提琴协奏曲响起
柔美，阔辽，沉寂

仿佛风儿轻拂过月光下的草原
仿佛是我爱过的女孩正站在缓缓沉没的城市

十字路口的人群从我车前走过
每一个人的动作都是那样优美而富有意味

我仿佛看到无数个感人的电影故事：
她头发微微有些凌乱，年轻的脸上交织着青涩的愁苦
他脚步匆忙而坚定，像是位上过战场的老人
她还是个孩子，正在适应职场的高跟鞋
他目光转向我，为身后的孩子确认这是一部没有危险的车
她咬着下唇，不停地看时间
他背影挺拔，转瞬间失去了踪迹

2016. 3. 1

昆秀湖

三月的江南，到处都是春天的气息
海棠新芽初发，春梅灿若云霞
一对白色的水鸟缓缓掠过水面
孤独的垂钓翁
守着满堤垂柳，半塘枯梗残荷

岸边巨大的古木化石
讲述着上亿年的悠悠岁月
曲桥边小鸟一样依偎的一对
呢喃着使人沉醉百年的话语

儿童牵来了风筝
阳光带走了大人脸上严肃的寒意
三月的江南
又是一年春草绿

2016. 3. 1

鲁　迅

喜欢木版画的人
自己也成了那黑白相间的间或一轮

荷戟彷徨的勇士
终归于虚无与平静

然而，这个世界还是好了起来
然而，终归还是虚无与无聊

匕首与短枪已经不合时宜
呐喊变成了祥林嫂口中的唠叨

渴望速朽的成了永恒
失去了星星的夜空更加寂寥

2016. 3. 3

医　院

人们在这里出生
也在这里死去
这里是生命之泉的源头
不断奔涌着幸福和喜悦
这里也是痛苦与不幸的聚集地
生离死别，哭声撕心裂肺

这里是最后的希望
人们在颤栗着等候宣判
不知下一刻
是幸福的天堂还是煎熬的地狱

这里是挤干了梦想的现实
情感让位于理智
幻想屈服于真实

这里没有无病呻吟的诗人
每一张病床上都有一个哲学家在思索
生命脆弱得如同一支芦苇
命运残酷得仿佛一个恶魔

告别的时刻到来之际
有的人认为自己度过了有意义的一生
有的人认为人生荒诞毫无意义
并非所有的人都渴望着永生

疲惫的灵魂终于得到休息
从尘土里来，却要到火里去
多希望生命是夜空中绽放的焰火
是转瞬即逝的流星
多希望生命是美的化身
是缪斯的奇迹

2016. 3. 4

辑四 | 惊蛰

都市的布谷鸟

你们看那天上的飞鸟，也不种，也不收。
——《圣经》

在熹微的曙光里
我听到了布谷鸟的鸣叫

都市忽然变得很安静
一切喧嚣都不复存在
只有美丽的乡愁静静地绽放在心头

每当布谷鸟在家乡的林间鸣叫
房前屋后，漫山遍野的油菜花
在煦暖的南风里一片金黄

河水里正孕育着荷花
石拱桥下一叶扁舟渔歌悠扬

布谷鸟是勤劳的农夫的伙伴
快活地为劳动者歌唱

布谷鸟是都市的弃儿
都市里的那些不收不种的
凭借贪婪与懒惰占尽所有

2016. 3. 5

穹顶之下

停下来，请停下来！
我呐喊，对着汹涌麻木的人群
自私而贪婪的人类啊
你们毁灭不了地球
你们只是自己的掘墓人

人类啊
你们爱自己
却剥夺孩子活着的权利
你们爱自己的家园
却把毒害倾倒入别人的土地

你们活着，别的生物就要死去
你们死去，不管身后是否洪水滔天

2016. 3. 6

爱情是一只难以驯服的小鸟

爱情是桀骜不驯的风
是林中的响箭

爱情是一只难以驯服的小鸟
衔走了我的心
爱情是打翻了的颜色桶
到处都是手足无措的画家

爱情是秩序的破坏者
是这个世界最毒的毒药

爱情是个虚情假意的伪装者
爱情是杀手留下的纪念品
爱情是穿着皮鞋的富翁
我却打着一双赤脚

爱情不会死去
爱情是一只令死神感到恐惧的小鸟

爱情啊，一言难尽
爱情是最好的祝福也是最大的诅咒
爱情是最浪漫的故事也是最痛苦的玩笑
爱情是这个世界上最真实的谎言
爱情近在咫尺却又无处寻找
爱情是你随手画出的圆圈

这圆圈成了囚禁我一生的牢

爱情是咆哮的风暴
是地下的火在燃烧
爱情是你我心中的信仰
这信仰在我心中扎了根
你却早已热衷于别的宗教

爱情是这世界上最美的风景
风景中的人们各有各的幸福各有各的苦恼
小二，来二斤爱情，变了质的不要
饭店里挤满了客人，分外喧嚣

2016. 3. 6

愁云惨淡的日子

这是一个多雾的早晨
整个城市失去了色彩

悲哀啊，我那无处安置的灵魂
生命之火已经被浇灭
我是一根湿漉漉的木头
再也燃不起幸福的篝火

这是个愁云惨淡的日子
四处都是墙壁和沟壑
悲哀啊，我那无路可走的绝望
希望之光已经熄灭

我是一面浅薄的哈哈镜
再也变幻不出快乐
在这铅灰色的日子啊
我的心里写满了悲哀

有脚却无路可走
有口却无话可说
有头脑却无法可想
有身体却感觉不到它的存在
我的生命仿佛已经死去
我的双眼只能看到悲哀

2016. 3. 7

我的烦恼向谁诉说

我满心的烦恼却无处诉说
像太平洋里一个孤零零的小岛
早已被整个世界遗忘
我翻开书籍
与死去的灵魂对话
我倾听着他们的诉说
可是，又有谁来倾听我的苦闷？

2016. 3. 9

茵梦湖

这是存在于文学世界里的湖泊
唯美、宁静、浪漫
却又凝聚着深深的无奈与愁苦

暗夜中有夜莺在歌唱
月光下的湖水泛着银色的光
洁白美丽的睡莲啊
绽放在遥不可及的远方

夕阳下的庄园充满宁静
牧童唱着那首民谣前行
爱情是书本里一片枯黄的叶
童年在记忆的晨光中雀跃着心情

就此别过吧
彼此深爱，却从此不再相见
庄园依旧幸福宁静
外面的世界依然丰富而遥远
爱情不是人生的全部
生命之树伤痕累累
却依然开花结果蓬勃着幸福

2016. 3. 10

玄武岩

这是一种孤傲的岩石
不屑于世人的目光
不畏惧孤独与寂寞
朴实的外表里面
是一种坚硬的执着

这是一种静默的存在
烈焰喷薄的岁月已经过去
它默默地化作山脉
泥土覆盖其上
清泉汩汩成河

我喜欢玄武岩
喜欢它的激烈与沉默
一切都将过去
我也将度过我的时光
终归于大地
我将与玄武岩相伴
成为鲜花与松树成长的泥土

2016. 3. 11

施笃姆的世界

我喜欢施笃姆的文学世界
那里草长莺飞，阳光明媚
就连忧伤也是健康的琥珀色

浪漫还没有被颓废的魔鬼污染
善良之花在人们的心中静静绽放

生活回归淳朴与简单
生命如孩子的目光一般纯净

日子过得很慢很美
万事万物都闪耀着性灵的光辉

2016. 3. 11

童 年

和大多数人一样
我的心底深处有个平凡的童年

在枣树下玩泥巴
中午偷着去河里游泳
满山满野地疯跑
满心满眼地喜欢

天黑之后在工地里捉迷藏
下雪之后到山坡上放爬犁
坐在山顶上听小伙伴讲熊的传说
捧着两大束烂漫的杜鹃花跑下山

如今我已经是人到中年
被命运的脚掌踩在地面

我伸出手遮住现实的白光
让我再睡一会儿吧
睡在童年的摇篮

2016. 3. 12

回　归

最寒冷的季节过去
大地又渐渐温暖
就让我们开始第二次季节的轮回吧

我已经独自经历了童年
我们携手走过了快乐的青年
我们的小船在中年的激流中遭遇了
秋的萧瑟与冬的严寒

你的双眼写满忧郁
岁月冰封了你的笑容
忧愁的皱纹从我的眼角蔓延
我们被生活压得透不过气

亲爱的，我们已经在绝望的港湾滞留太久
不能再让乌云笼罩在心头
来吧，我们调整方向，重新启程
再去经历一次人生的轮回

让春天带给我们喜悦
让夏日唤醒我们的热情
在绚烂的秋日品尝大地的果实

冬日到来时

我们在炉火旁安详地回忆一生的岁月

打个盹儿，或者就这样安静地永远睡去

2016. 3. 13

汽车修配厂

这是个质朴的世界
空气中混杂着机油与金属的气息
墙角堆积着破旧的风扇与车灯
灰色的地面上零星着油污的痕迹

钣金工在车底下忙碌着
机修工在更换发电机
品牌的高低贵贱不再重要
这里只有金属、塑料和油漆

这是一种最实际的工作
用辛劳与技术换取生活所需
没有投机与不劳而获
没有突然的暴富或赤贫

这是个可以理解的物理世界
可以用双眼观察，用双手触摸
一切故障都可以排除
只要付出耐心与努力

这是个我喜爱的世界
简单、理性，认可一切美德
使坏的变好，旧的变新
用劳动交换劳动
用劳动创造价值

2016. 3. 14

苦难是人生的老师

苦难，是每个人的老师
这是一种强制教育
又有哪个人能够逃脱呢?

苦难啊
当你乌云一样的身影笼罩住我的时候
我的内心发出悲鸣
我的双眼充满忧愁
我的双手软弱无力

我想要逃
泥淖却已桎梏住我的脚步
你不动声色地注视着我的痛苦

我是一块顽石
是你手中未完成的雕塑

2016. 3. 16

候 鸟

燕子去了，有再来的时候
————朱自清

最后一片叶子早已落掉
枯枝上裸露出候鸟的巢

寒风呼啸的夜晚
鸟巢挤满了怕冷的星星

2016. 3. 16

死亡的意义

爱情、事业、友谊
甚至人的一生
太多的东西
在等待死亡赋予意义

生命是多么空虚啊
死亡又有什么意义呢？
死亡只是廉价小说最蹩脚的结尾
死亡不过是餐桌上的一条鱼

生命是夜空中划过的流星
是夏日午后的蝉鸣
是记忆中亲爱的面容
生命是生命对生命的记忆

死神只是一架联合收割机
仓库里堆满了谷物
以及毫无意义的虚空

2016. 3. 16

春日植树

我常常可怜树木
无法选择在哪里生长
不能摆脱脚下土地的束缚

不论面对的是暴雨、烈日、雷电
还是刀劈斧砍肆意欺凌
他们只能默默地忍耐

然而忍耐并不是他们生命的全部
他们在寒冬里积蓄着生命的力量

燕子归来时
每一个叶片都在拼命向上生长
他们的存在为更多的生命带来福祉

我发自内心喜爱树木
在这样一个春夜
庭院中种下枣树、桂花和橘树

妻子扶着细弱的树苗
我用手培植泥土
岳母负责说笑和浇水
儿子在楼上认真读书

愿这几株小树能慢慢长大

愿他们乐享阳光雨露

我常常可怜树木
你们是大地的孩子
土地赋予你们生命也将你们束缚
你们不能振翅高飞或遨游大海

然而我又何必可怜你们呢？
生命各有各的自由与束缚

2016. 3. 17

致亲爱的

我们平静的小船遇到了风浪
我们的心充满忧愁和绝望
我是个多么愚蠢的舵手啊
草率地选择了错误的航向

我在怒吼的狂风中呼喊：
就让这风暴惩罚我一个人吧
不要牵累我亲爱的旅伴

我掩面哭泣，虔诚地祈祷
谁能拯救我们？
哪里是避风的海港？

痛苦啊！痛苦！
令人无法忍受的痛苦与煎熬
抛弃掉痛苦与绝望吧！

亲爱的，我们只有一双手
拥抱了痛苦，就无法划桨
我们只有一艘小船
装载了绝望就无法再次远航

除了我们自己
没有人能够拯救我们

暴风雨过后

到处都是宁静的海港

2016. 3. 18

为何我心情这样愉快

在这一天即将结束的时刻
我怀着愉悦的心情入梦
一天都在做着最实际的工作
忙碌的劳动治愈了我多愁善感的心灵

我充分使用了自己的身体和精神
把房间打扫得纤尘不染
还驾驶着汽车行驶了上千里的路程

整洁的地板发出沉静的亮色
像是夜色笼罩下湖面上星空的倒影
沿途春日美丽的山水
悄悄地潜入我的梦中

2016. 3. 19

辑五 春分

聒噪的命运之神

我喜欢默默发光的蜡烛
喜欢田野中星星点点的萤火虫
喜欢孩子明亮的眼睛
可是此刻坐在我对面的
是聒噪的命运之神
天色渐渐暗了下去
房间里点起了滋滋作响的吊灯

2016. 3. 20

当我再一次拿起笔

当我再一次拿起笔
年华，最好的年华已经逝去
我仍拧着颈项
不肯屈服于命运或天意

我不是无脑的海蜇
不是简单的透明体
不是明净的天空
不是没有雾霾的好天气

我是酒神
是沉醉的春雨
是理性套不住的野马
是狂放不羁的烈焰
是你眼中一闪而过的狂喜

再没有什么可以失去
除了一个个忧郁的坏天气
我欠世界的
终将偿还
世界与我，有着亲密的距离

2015. 4. 3

我们必须生活在时间之外

我们必须生活在时间之外
尽管一切终将逝去
让呼吸变得亭匀
让一切充满勃勃生机
从钟表的控制下解脱出来
想做什么就去做
全不理会是黎明或者深夜
太阳落下还是晨曦升起

2015. 4. 3

在大海的身边奔跑

云彩如天使的翅膀
大海倒映着蓝天
我在天地之间奔跑

脚下是绵延不断的海滩
两座石狮子一样的巨大岩石
在海浪的怀抱里沉睡了亿万年

我像风一样自由
像海鸥一样勇敢

热情如血液一样
流淌在我生命的每个角落

港湾温柔地拥抱着大海
浪花轻轻地哼唱着晨曲

2016. 3. 22

奔　跑

奔跑，在痛苦中奔跑
坚持，战胜那个软弱的自己

奔跑，仿佛生命具有意义
坚持，为了成为更好的自己

像迁徙途中不停奔跑的野牛
像大海永不停歇的潮汐

奔跑过喷薄的黎明与静谧的黄昏
奔跑过明媚的春天与绚丽的秋季

哪怕人生像是在沙滩上前行
也要留下我矫健的足迹

2016. 3. 22

寂静的森林

每当我心情忧郁的时候
我便走进无边无际的森林

世界突然宁静下来
松涛里婉转着清脆的鸟鸣
松针铺成厚厚的地毯
清澈的溪水欢快地流淌

我爬上山顶眺望
广阔无垠的树木
无穷无尽的远方

在大自然的怀抱里
我心里的伤痛渐渐治愈

我不再去想沉重的人生
我要像森林中的树木一样活着
平凡而沉默地活着

从此，我只负责活着
不去抢夺死神的权柄

2016. 3. 24

不要和我谈论人生

我喜欢这样洒满阳光的清晨
不要和我谈论人生
这样沉重的话题不适合早晨
行乐须及春
到开满油菜花的田野里散步
到垂柳如烟的河岸边钓鱼
手挽着手，我们

不要和我谈论命运
这样忧伤的话题不适合早晨
岁月不等人
在欧洲古老的城堡里探险
在广袤的非洲大草原上穿行
肩并着肩，我们

2016. 3. 24

不知名的奴隶

你这不知名的奴隶啊
只知道在泥淖里打滚
头顶的星空与脚下的土地
都进入不了你的心里

你这软弱的奴隶啊
只知道在水边徘徊
春日的鲜花与秋天的银杏树
都无法闯入你的眼睛

你这渺小的奴隶啊
只知道享受片刻的欢愉
灿若星辰的诗篇与恒久的爱情
都与你失之交臂

你这愚蠢的奴隶啊
只知道小心翼翼地隐藏自己
温暖的阳光与真挚的友谊
都是那样遥不可及

2016. 3. 25

历　史

历史，如心底的一道伤口
不敢触碰，不忍凝视
生命如同蝼蚁
善与恶是碾压蝼蚁的两个车轮
历史，如黄河的一层层淤泥
无法清理，无法解读
生命如同小船
善与恶是吹翻小船的两股狂风

2016. 3. 26

生活在远方

我们的眼睛总在眺望
我们的心灵总是在幻想
目送着远飞的大雁
期待着喷薄的朝阳

夜幕尚未降临
我们的心里面已经是满天的星斗
窗外大雪纷飞
我们的眼睛里早已烂漫着春日景象

沉重的身体里寄居着飘逸的灵魂
身在此地，心却早已飞到远方

我们渴望着像风一样
像农耕民族羡慕马背上的自由
像爬行动物羡慕划过天空的翅膀

我们是我们自己
我们也是我们的理想
墓志铭上记录的是一个人的现实
无法记录下一个人的梦想

2016. 3. 26

厚 土

春天快要过去了
我的花坛里仍然空空荡荡

没有一株玫瑰或百合
也没有蝴蝶花和干枝梅
甚至，没有泥土供植物生长
这个花坛像个巨大的讽刺
嘲笑着我的拖延与幻想

今天一天我们都在辛勤劳动
汗湿了脊背，粗糙了手掌
花坛里有了厚实的土地
愉快的表情洋溢在脸上

2016. 3. 27

生　命

生命是严肃的
令人喜悦也令人痛不欲生
生命是荒诞的
意义是人类最没有意义的发明

植物世界是多么简单啊
播下蔷薇会长成蔷薇
插上月季会长成月季
可是人却有着无限的可能

每个人都是自己的作品
卑污的双手创造不出高尚的灵魂

2016. 3. 28

魔鬼的笑声

听啊，魔鬼在大笑
他们的笑声是多么欢畅
他们从世人那里掠夺了太多
快乐和幸福挤得他们的身体向四周膨胀

可怜的人啊
魔鬼用一纸合约换取了你的灵魂
魔鬼用虚伪的承诺攫取了你心灵
除了虚空和痛苦，你并没有得到爱情

听啊，魔鬼在大笑
他们的笑声是多么爽朗
他们将忧愁与绝望抛给了世人
轻松和愉悦的精灵在他们心里歌唱

可怜的人啊
魔鬼用一个伪笑掠走了你的灵魂
魔鬼用娇媚的容颜征服了你心灵
除了悲伤和绝望，你并没有收获爱情

2016. 3. 28

我的心想让你看看

我的心想让你看看
可是你不屑一顾我的一厢情愿
站在梦境的边缘
用手指甲在玻璃墙上呼喊

我的心想让你看看
可是你轻蔑取笑我的一心痴念
躲在悲伤的里面
用沉默在你视线之外呼喊

我是涸辙里绝望的鱼
我是被爱情束缚的蚕
我的心啊
陷于苦苦思念
可是你并不爱我
这一切和你又有什么相干

我的心想让你看看
这念头深藏在我的心间

我的心想让你看看
这一生难忘记你的容颜

我的心想让你看看
一转眼已经是逝水流年

我的心想让你看看
你的笑语嫣然犹在耳边

2016. 3. 29

爱与美

从每一个平凡的事物上
发现爱与美
在每一个平凡的瞬间里
找到真理和永恒

一切的一切
是过程也是目的
一切的一切
是刹那也是永恒

一个小水滴便是一片大海
无垠的大陆只是一粒尘埃
从无处来到无处去
两点之间有无数的存在

2016. 3. 29

最好的安排

我希望和你住在
一栋雅致的小楼
庭院里种着枣树和银杏
蔷薇花流苏一般从窗台垂下

我希望和你一起
日出而作，日落而息
过着勤劳而幸福的生活

春天的闲暇时光
我希望这样度过
陪老人去登山望远
和孩子去田野中放风筝

冬日的夜晚
一家人在一起聊天说笑
或者各自努力地学习或工作

我们心心相印
谈一场持续一生的恋爱
我们彼此尊重
始终有着欣赏与鼓励的目光

我希望和你过着
简朴宁静的生活

一起分享阅读的快乐
一起去看看外面的世界

我们也有着激情燃烧的岁月
充沛的情感像地下的烈火
可是在理性的堤坝里
桀骜的洪水变成了一条奔腾不息的大河

2016. 3. 30

写给忧郁的一封信

忧郁啊，你是我的影子
总是与我相随相伴

忧郁啊，你为何使我这样悲伤？
你为何熄灭我金色的梦想？
你为何夺走我彩色的希望？

是你使我的眼睛失去了微笑
是你黯淡了我自信的嘴角

灰色的今天啊，明天也没有希望
你让我的世界里只有悲伤与迷惘

我伸出双手
你把无尽的忧郁注入我的手掌
我闭上双眼
眼泪在你的歌声中绝望地流淌

2016. 3. 31

骷髅之舞

月亮洒下银辉，猫头鹰肃立枝头
骷髅的舞姿有些僵硬
像是滑稽的牵线木偶

不论好坏，没有美丑
变成了骷髅之后，人们啊
你们终于摆脱了皮相
实现了自由

炎热的白天，喧闹的都市
滋生烦恼的土壤，骷髅啊
你们是夜色中的彩蝶
晚风中翩翩起舞

抛弃功利，无欲无求
成为了骷髅之后，人们啊
你们终于挣脱束缚
恢复了自由

纠结的感情，脆弱的自尊
一切属于心灵的早已腐朽，骷髅啊
你们的舞步是那样的轻快
只有快乐能跟上你们的节奏

2016. 3. 31

咖啡厅里的不速之客

风雨交加的城市

咖啡厅是心灵最温暖的角落

音乐是那样舒缓，像情人的手温柔地抚摸

窗户倒映着年轻的面庞与葱翠的绿萝

缪斯来到我身边

在我耳畔吟诵着优美的诗句：

我是大地的主人

每一个春天都不能辜负

我是人生的主人

每一个日子都要起舞

啊，你这咖啡厅里的不速之客啊

你的诗句不值一杯卡布奇诺

2016 年 4 月 2 日于上海@some 咖啡厅

因暂时的经济困窘，零消费的情况下，在咖啡厅坐了一个小时。

2016. 4. 2

旅　途

稠密的胡子里浸满了大理石
树枝上梅花鹿在捉迷藏
两片声音之间风雷在激荡
蒲公英的河流在楼梯上流淌
你是一个疲惫至极的旅人
旅途开始变得不可捉摸充满疯狂

2016. 4. 2

我在大河之畔行走

我在大河之畔行走
在水杉林与香樟林之间穿行
脚下是松软的落叶与清脆的枯枝
远处是悠扬的船笛与白鹭冉冉飞起的身影

这是一条壮阔的大河
每一个转弯处，都栖息着江南水乡的宁静
又忽然闯进千万朵奔放的油菜花
喧哗着拥挤着
怒放着整个世界的热情

却又有残荷断梗的寂寞池塘
池塘边
几株萧瑟忧郁的芦苇，破败的老房

再一个转弯
一大片金黄色的蒲公英蓦地涌来
每一朵都在编织着天空的梦想

我在大河之畔行走
在村舍与水田之间穿行
耳畔是低沉的潮水和婉转的鸟鸣
远处是青涩的小山与农人辛勤劳作的身影

我爱这奔流不息的大河

它深沉，优美，富有灵性
宛如一首古老的船歌

我在大河之畔行走
河水在大地上不舍昼夜地奔流

2016. 4. 2

辑六 ｜ 清明

自然之子

三五月圆之夜，我彻夜不眠
雄浑的力量在奔涌
大地能感受到我欢快的脉搏

大海在月色下潮汐涌动
狼群登上高冈
在月光下仰天长啸
我便是那群中的一个

尽情释放着野性
呼唤着凛冽的寒风
夜色中明灭的灯火
是同伴们的眼睛

草原上瑟缩着的猎犬
在胆寒地哀鸣
自然的归于自然
野性的回归野性

深沉的河水是我的灵魂
永不止息地跳跃、奔腾

2015. 4. 4

灯

黑暗中，我在黑暗中独行
双手摸索着痛苦的荆棘
双脚蹬踏着绝望的泥淖
天空中布满了乌云
见不到一丝光明

远远地，我远远地看见了你
你的手中拎着一盏灯
你照亮了我
你清澈了我昏花的双眼
唤醒了我内心深处的力量
给予了我希望
让我在希望中重生

人生中，
你是我人生中的一盏明灯
默默守候，送给我
送给我力量和光明

2015. 4. 4

认识自己

人无法做到
自己认识自己　就像
不经历陡峭的悬崖
无法认清山谷有着怎样的壮丽
不度过漫长的寒冬
怎知梅花的忍耐力

人必须通过他人
才能最终认识自己
才能最终成为自己

2015. 4. 6

生活教会了我什么

生活，我以为你是一团火
是满天星
是星空下凉爽的夏夜，错落的蛙声

于是，我捧出自己那颗火热的心
眼睛里满是憧憬

生活，我以为你是一团火
是坚实的大地
是大地上金黄的麦田，醉人的秋风

于是，我拿出自己全部的热情
眼睛里满是光明

可是，生活啊，你教会了我什么？
为什么我的心不再感到喜悦？
为什么泪水常常模糊了我的眼睛？
为什么追求的却总得不到？
为什么播种下热情的种子
收获的却是冰冷的寒冬？

甚至，还要戴上坚强的面具
保持脸上的笑容
甚至还要用笑脸迎接敲打
仿佛不幸是种令人愉快的事情

生活，我以为你是一块冰
是无情的大海
是大海上残忍的风暴，骇人的波涛

于是，我的心不再柔软
目光冷漠而寒冷

生活，我以为你是一块冰
是绝望的沙漠
是沙漠里漫天的尘暴，刺目的白骨

于是，我的心不再温暖
眼睛不再期待光明

可是，生活啊，你教会了我什么？
为什么我的心再次充满喜悦？
为什么这么美好的事物在我眼前发生？
为什么我得到这么丰厚的礼物？
为什么我无所事事地度过了一个冬天，
却收获了一个繁花盛开的季节？

甚至，还要包容我无休止的抱怨
甚至，还要给我一个又一个热情的笑容
——仿佛幸福是件无法抛弃的事情

2015. 4. 8

一朵优雅的玫瑰花

夏日的夜里，我遇到
一朵优雅的玫瑰花
那灼人的红色
如一簇绚丽的焰火
将整个夜晚点亮

在这昏暗的夜晚
它亭亭地昂首在枝头
每一片花瓣都含着光

这盛夏的玫瑰
已经度过了最好的年华
花瓣即将凋落
叶片也开始枯黄

它静静地立在风中
依然美丽地绽放
一如它刚刚盛开的模样
一如岁月已经将它遗忘

2015. 4. 9

思念是闹市区的疯人院

思念是一种幽怨
是一颗心渐渐被研磨成黑色的粉末
再用生活的碎纸
一层层包裹到里面

思念是一种悲伤
是一个人慢慢被风干成灰色的路面
再用生活的车轮
一次次碾压在上面

思念是一种抑郁
是一个灵魂彻底被抽干成干瘪的气球
再用生活的废气
一点点填塞到里面

思念是一种哭喊
是世界虽大却与我无关
是春天的泥土
是泥土里不见天日的蝉
思念是闹市区的疯人院

2015. 4. 2

春 日

门外是轻拂的杨柳
婉转的鸟鸣
盛开的白玉兰
是江南和煦的春风

天上是轻柔的白云
飘飞的柳絮
是孩子的风筝
是江南的天气日朗风清

桌上是青翠的新茶
透明的杯盏
是凝视的眼睛
是江南醉人的情韵

2015. 4. 12

春天的七种颜色

像雨后的彩虹
春天也有着七种美丽的颜色

一江春水被朝霞染成了绚烂的红色
油菜花给黑土地铺上了热情的黄色

一只优雅的白鹭
从黛色的远山前冉冉飞过

山谷里静静盛开着紫罗兰小巧的花朵
黄鹂鸟儿在雪白的梨花里鸣叫

四季常青的香樟树
穷尽着绿与黄的组合

天上是灰色的鸽群与五颜六色的风筝
田野里是七彩的帐篷与孩子色彩缤纷的笑声

在这春日的清晨
请睁开你那双黑色的眼睛
和我一起去数数春天的颜色

2015. 4. 13

春之歌

整整一天，我们都在门前的花园劳作

在白栅栏前栽上一排月季
再种上金桔与雏菊

我们心意相通，配合默契
从劳动中收获生活的美好与意义

2016. 4. 3

布兰登堡协奏曲

我常常注视着
雷雨到来前的田野
以及，夜色中的河流

我喜欢沉静的力量
即使生命不能像烟花绽放
不能像白鸽与海鸥
自由自在地翱翔

2016. 4. 5

高贵的我

人们啊，你们总是在期待，在祈求
耽溺于内心的渴望，生活在别人的眼光

人们啊，你们总是在等待，在幻想
沉湎于过去的记忆，满足着他人的疯狂

来吧，你们这些空心稻草人
扔掉别人的衣服，不要再装腔作势

来吧，你们这些牵线木偶
停止滑稽的表演，不要再费尽心思

人们啊，你们是自己的主人
要像树木一样站立在辽阔的大地上

人们啊，你们是高贵的生命
要像雄鹰一般在天空翱翔

2016. 4. 6

忧郁的香樟树

阴沉的雨天，忧郁的香樟树
这些苦命的树木啊，驯服地排列成行
永远为别人抵挡烈日或把风雨遮住
空有伟岸的身躯，却听命于渺小的侏儒
空有旺盛的生命力，却只会忍耐与屈服

阴沉的雨天，忧郁的香樟树
这些苦命的树木啊，驯服地排列成列
永远为他人而活着，沦为失去自我的奴隶
空有强壮的躯干，却只是没有灵魂的空壳
空有繁茂的青枝绿叶，却没有生命的光泽

2016. 4. 6

大 卫

随着帷幕的徐徐落下
所有人都惊奇地张大了嘴
大卫的雕像如天使一般圣洁
每一个线条都体现着力与美

完美的形体迅速征服了人们的心
他们潮水一般簇拥在雕像周围
男人们低下了高昂的头颅
他们开始感到自惭形秽

愚蠢的人类啊
你们崇拜自己雕刻的石头
却为自己是上帝的作品而羞愧

2016. 4. 7

牵线木偶

一切幻想都有了根据
一切根据都不过是幻想

世界正以无法理解的方式
隐秘而野蛮地生长

人们早已沦为了牵线木偶
却仍在舞台上宣称自己是主人

2016. 4. 7

逃　离

我想逃离，这不是我想要的生活
黑暗中妻子泪流满面，人到中年
一切都失去了新鲜的色彩，我们的心
不再年轻，不再充满着希望和快乐

生活像是一块放得太久的蛋糕
一束渐渐枯萎了的百合
经过长久的忍耐与拼搏
除了逃离，已经不再奢求改变什么

一定是哪里出了错
我们都不再是那个自己
死神来做过客
不祥的乌鸦已经来过

我们驾驶着伤痕累累的帆船
劳碌整日，顾不上交谈
谁不曾想过逃离呢?
亲爱的，既然无处可逃
何不将生活踩入脚底

2016. 4. 9

记 梦

一切发生得那样自然
我的家搬到了水畔
两只大鱼慢慢地游了过来
就停在阳台下的脚边

我举起叉子用力掷下
只俘获了一个巴掌大的鲳鱼
我注视着流动的河水
又一次举起叉子

捕获了一只黑色的海鱼
像乌贼，又似乎不是
儿子讨厌它恶心的样子
这只鱼因为丑陋得以逃命

我顺着河岸敏捷地穿行
眼睛注视着河流的动静
大河转弯的地方
一道细细的水线出现在水面

我用力将一条长长的海鱼叉住
这是一条漂亮的海鳗
有着流线型的身体
颜色也格外好看

我欢呼着将鳗鱼放在堤岸
又带着鱼叉快步向前
前边河水变得很窄
我的梦忽然醒了
在到达下一个河梁之前

2016. 4. 10

不幸的流浪猫

是谁杀死了一只猫
抛尸在繁忙的马路中间？
这样的悲剧不断上演
生命是如此的卑贱

刚刚还是鲜活的生命
身体还在奔跑向前
它漂亮的毛柔软而蓬松
那双蓝色的双眼却已长眠

这是一只可怜的流浪猫
世界早已将它遗弃在垃圾桶边
它的家是草丛与瓦砾
食物只是一些残羹冷饭

这是一个年轻的生命
这是它第一次看到春天
昨天它好奇地追逐着飞舞的柳絮
在河岸边呼朋引伴

一个孩子突然抱起它
它温顺地抬起脸
孩子玩累了
又将它扔到灌木丛里面

这是个可怜的生命
拥有的只有不幸
没有亲切的依偎
没有家的温暖

流浪猫啊，你是多么不幸啊
忍耐了一个漫长的寒冬
刚刚来到愉快的春天
又被粗暴地夺走了性命

2016. 4. 10

致一位朋友

我的船被风浪袭击，搁浅在岸边
你转过身去，不肯伸出援助之手

曾经我们是多么的亲密无间
你说过要做一辈子的朋友

我的脚陷入流沙，难以举步
你转过身去，漠视我求救的呼喊

曾经我们是多么情意相投
你说过要做一辈子的朋友

2016. 4. 11

基督与爱情

——苏利普吕多姆《在古玩店里》读后

每个人都渴望着浪漫和甜蜜
渴望着被爱神拥抱
可是为了美
爱神维纳斯失去了双臂

每个人都渴望着幸福和快乐
渴望着被基督拥抱
可是为了世人
基督在十字架上被钉住了手脚

2016. 4. 14

沉　思

我沉思终日
像一个迷路的孩子
为什么我的生活
每一页都是废纸

我痛苦终日
像被人群疏离的流浪汉
为什么我的周围
每一面墙壁都涂满荒诞的黑色

我已经欣然接受痛苦
却依然找不到生活的意义
我已经用荆条鞭打自己的欲望
却依然感受不到内心的宁静

2016. 4. 18

参 与

这是一条日夜奔流不息的大河
暗夜中泛着星光，黎明时薄雾浮动

大河拥有强大而神秘的力量
水面上是令人不安的风

我划着独木舟，渴望参与其中
我感觉自己变成了另外一个人

2016. 4. 18

辑七　谷雨

忧　郁

忧郁是一个人的战争
是捆住手脚粗暴的绳
是沉向湖底的石头
是冷冰冰死鱼的眼睛

是跳出飞机后无法打开的降落伞
是古城堡大门上锈死的千年铁锁
是沙漠里死神建筑的迷宫
是受了邪灵诅咒的生命

是被火山灰埋葬的庞贝古城
是春日泥土里不见天日的蝉
是咬不破的透明的茧
蝴蝶的翅膀困死其中
是溺水者最后一声呼救
人们站在岸边，却都不会游泳

2015. 4. 22

奴　隶

不必去责怪他人
也不必去改变自己
枷锁是无形的
每个人的心里都住着
一个并不温柔的暴君

2015. 4. 23

再见，我的朋友

——致 2015 届华政国金毕业生

你已经走了很远，我的朋友
你将又一次踏上旅程
阳光下的华政校园
容纳了所有青春瞬间的城

你已经改变了很多，我的朋友
你将又一次踏上旅程
蓝天下的校园钟声
悠扬着多少曾经热切的梦

你已经付出了很多，我的朋友
你将又一次踏上旅程
夕阳下的玉泊湖
闪烁着青春快乐时光的镜

你已经背负了很多，我的朋友
你将又一次踏上旅程
夜色下的春天
温柔着年轻人敏感的心灵

2015.4.23 写于 2015 届国金毕业生毕业照拍摄翌日

春 泳

待到天空蔚蓝
水波里荡漾着
蓝宝石一样迷人的春天
让我们重新做回鱼儿
轻盈地漂浮在蓝天

就这样，羽毛一样轻盈
羽毛一样自由自在
或者
做一个积极的泳者
炮弹一样俯冲，然后
模仿青蛙、小狗，或者蝴蝶
或者游着并不自由的自由泳
姿势可以迅猛
也可以如天鹅般优雅而舒缓
生命可以很漫长
也可以如朝霞一般短暂
死与生　继续或是终点
只在脆弱的呼吸之间

2015. 4. 23

春日公园

春日的公园
果然让人心情愉快

只要行走在绿树荫下
只要坐在长椅阳光中
哪怕打开的是一本忧伤的书
嘴角也会露出微微的笑容

草坪上交错着白色的小径
令人想起多歧路的人生
小男孩接过爸爸扔过来的飞盘
却把它掷进了路边的草丛

绿色的阳光下绿色的帐篷
抱着婴儿的妈妈衣着大红
孩子注视着一只黑猫从草坪上走过
脚步很轻　像远处隐约传来的风铃

人生如棋局，棋局如人生
博弈了一辈子谁输谁赢
夕阳下十数位白发老人正在复盘
各自或平淡或沧桑的一生

为了找到幸运的四叶草
孩子们决定坐上小船去旅行

水面上跳跃着彩色的肥皂泡
天空中飞舞着一只只风筝

既然正常站立无人喝彩
那就采取倒立的姿态
草坪上的瑜伽男子
将身体扭曲成倔强来抵抗失败

几位老人围在报栏前
他们仍保留着上个世纪的阅读习惯
报栏即将成为文物
这也许就是它们阳光下的最后一个春天
工人运来一板车盛开着的鲜花
竹亭里传来革命样板戏音调铿锵
篆刻家把红色的印章刻在了大石头上
广场上挤满了快乐挤走了忧伤

春日的公园
果然令人心情愉快

2015. 4. 27

海边曲

有一种喜欢叫接纳
接纳你的邀请
接纳你的拒绝
接纳你的乖巧与温柔
接纳你的任性和倔强

有一种接纳叫喜欢
喜欢你的热情
喜欢你的冷酷
喜欢你的灵活与俏皮
喜欢你的固执和要强
接纳与喜欢的是你
而不是更好的你
或者理想化的你

一个喜欢星空的人
又怎能不接纳星光的遥远与冷清
一个热爱大海的人
又怎能不接受海浪的善变和无情
我就是海边痴情的渔夫
为着这片大海着了迷

2015. 4. 30

别　离

离别的日子
我用什么来填补
没有你的空虚？

风吹麦浪，乡间隐约的小径
松软的草地和漠漠的水田
袅袅炊烟，五月江南的好天气
温柔的夜色，如水的月光
朋友们诚挚的情谊

亲爱的，这个春日
我用尽了所有的美好
却依然无法填补你留下的空虚

2015.5.4

逝去的时代

夕阳西下，凉爽的庭院
我喜欢摇着蒲扇与老年人攀谈
远远近近的蛙声里
记忆的星光渐渐浮现

我听到风吹过槐树叶的沙沙声
像遗忘在蚕食着记忆的桑叶
我看到黑夜蛇一般爬过河面
老人沧桑的面容渐渐隐入黑暗

我们用言语去打捞一个逝去的时代
用想象力来创造一个平行时空
过去的时光有着尖锐的痛和巨大的幸福
时间长廊里走来的并不都是青春的面容

梦想、伤痛、遗憾今生未完成
爱情、愉悦、欣喜与你相逢
一艘巨轮被打捞起，渐渐浮出水面
它已经锈迹斑斑，甲板上一片黑暗

老人每提到一个名字
甲板上便亮起一盏灯
亮光里，一个人物生活其中

故乡的枣树下

小男孩玩着泥巴小汽车
古旧的街道上
女大学生幸福地坐着单车去看夕阳

灯光一盏盏亮起
渐渐如满天繁星
星光渐渐消失
那艘时代的巨轮又缓缓沉入黑暗的海底

2015. 5. 4

卡车上的树木

人们残忍而随意地对待彼此，对待自己
也这样残忍而随意地对待树木
将大树连根拔起
让它离开家乡的泥土
将大树交给斧锯
让它符合别人期待的样子和高度
你装饰了别人的土地
却永远离开了自己的家乡

2016.4.19

茉莉花茶

这是个怎样的生命啊
青春逝去之后
依然洁白的花朵
依然芳香的气息

这是个怎样的生命啊
冬季到来之后
依然蓬勃着生机
依然绽放着希望

在这个寒冷的冬夜
唤醒多少春日的回忆

2016. 4. 19

时钟人

我们时钟一样冰冷
不再是鲜活而自由的生命

我们过着刻板的生活
成为了金钱与时间的奴隶

我们的灵魂变得怯懦而卑劣
我们的身体里面的热血已经冰冷

熟悉的环境给我们安全感
未知的不确定令我们惊恐

时钟人啊，不要再担心失去什么
生命中最宝贵的早已经失去

时钟人啊，美德都是奴役你的谎言
人的一生怎能像冰冷的死鱼？

2016. 4. 19

诗情画意

烦恼的时候，没有什么诗情画意留在心中
焦躁得发狂，压抑得发疯
像一只受伤的狼睁着哀伤的眼睛

世事如此无奈，世界如此不公
拔剑四顾茫然，一切皆空

愿我的心啊，早日得到安宁
愿世人的心里都有着如诗如画的风景

2016. 4. 23

伤逝

——悼念路遥

你在广袤的天空翱翔
孤独，矫健
一如西北荒原上的雄鹰

你在黑暗中划过天际
璀璨，纯粹
一如夜空最明亮的流星

你热爱着这脚下的土地
你热爱着亲人热爱着生活
但是你更热爱艺术

在缪斯女神面前
你献上了自己的生命

这是个多么高贵的灵魂啊！
温暖，纯洁，饱含热情

你不再属于这个世界
你属于伟大和永恒

2016. 5. 3

我是谁

我认识露珠，认识玫瑰
认识昼夜奔流的河水

我知道湛蓝的是天空和海洋
我知道夏季属于蛙声与蝉鸣

可是面对镜子
我不知道那里面是谁

这个令我痛苦令我欢欣的身体里
天使与野兽同时共存

这个让人迷茫让人幸福的世界上
失望与希望难解难分

身体终将归于泥土
何处安置这无所依傍的灵魂？

没有什么能够赋予生命以意义
即使是死亡也不能

2016. 5. 3

温室的花朵

我可怜这些大地母亲的弃儿
这些被束缚的生命

它们点缀着都市
点缀着浮夸的生活与虚伪的爱情

再也不能自由自在地生长
再也不能回到旷野的风中

2016. 5. 3

辑八 | 立夏

一个人去旅行

春日的清晨
我常常一个人去旅行
沿着繁花似锦的河岸
任由思念的河水
流淌在如画的江南

雨后的黄昏
我常常一个人去旅行
沿着湿润的麦田小径
听凭思念的春风
吹绿如诗的江南

2015. 5. 6

风起的时候

风起的时候
一枚银杏叶轻轻飘落
芭蕉勇敢地伸出宽大的叶片
却不幸从中间折断
满墙盛开的蔷薇花被风纷纷吹落

风起的时候
正是万物生长的时刻
春蚕吐出痛苦的长丝
一层层地把自己束缚在里面
蝉在黑暗的地下已经挖掘了很久
只为跃上枝头为自己唱一曲哀伤的挽歌

风起的时候
正是一年中最美好的时刻
春水的涟漪微微皱起
像唇边那一抹嘲讽的笑意
当夕阳沉入绝望的湖底
大地上开满了白色的忧伤

2015. 5. 6

俘 获

穿行在宇宙间的彗星是自由的
直到太阳将它俘获

枝头欢快的鸟儿是自由的
直到远方的召唤占据了它的心窝

溪水中的三文鱼是自由的
直到它受到海洋不可抗拒的诱惑

爱情的喜悦是自由的
直到遇到无奈的生活
我的心灵是自由的
直到你将它俘获

2015. 5. 7

岩　画

两万年前，岩洞的最深处
我们俩的身影靠在一起
你擎着火炬，眼睛里燃烧着火花
我用粗犷的线条
让野牛和公鹿在岩壁的草原上奔跑

再用一支犀利的箭
把猎物钉牢在山洞
黑暗蝙蝠一般落在我们的肩头
柔和而宁静的，是我们的心跳
和你脸庞的侧影

我们相信图画的奇迹
画在山洞最深处的
便会属于我们自己

两万年后，我心灵的最深处
只有孤单的影子和我在一起
它匍匐在我脚下
亲吻着泪水打湿的泥土

我用细腻的笔触
让你亲切的笑容出现在我心灵的岩壁
就像冬夜的天空绽放的初雪
再用一支丘比特的箭

把你的心钉牢在我的心里

亲爱的，你转身离开之后
黑暗蝙蝠一样落在我的心头
我开始相信图画的奇迹
画在我心灵最深处的
便会属于我自己

2015. 5. 7

蜗 牛

夏日的清晨
我一个人在田径场
跑道上的三只蜗牛
陪着我奔跑

它们决定横穿八条跑道
目的地是塑料制成的假草坪

这些勤勉的生物
在太阳升起之前便已启程

它们与众不同
这些蜗牛有着更大的愿景

它们甘愿冒险
抛弃舒适的灌木丛
蜗牛在粗糙的跑道上奋勇前进
它们却不知，适合人类奔跑的道路
并不适合蜗牛爬行

或许是昨夜的一场雨
激发了蜗牛们时不我待的激情

它们在雨水中顺滑地爬行
雨停时却只爬了一半路程

蜗牛们在越来越干燥的地面上痛苦奋进
互相传递着激励心灵的话语

"身后的灌木丛只有触角那么大
前方是一个无边无际富饶的草坪"

我在初升的阳光下缓慢地跑着
轻轻迈过努力着的蜗牛

它们有它们的目标
我有我勇往直前的理想

我们都在各自的轨道上，用生命在奔跑
与命运做着徒劳的抗争

太阳升起之后
越来越多的步伐淹没了我的脚步声

成群结队的人跑在我的前面
我被挤倒，重重摔在地上

在我脸的旁边
是三只踩碎了的蜗牛壳

2015. 5. 8

思乡曲

秋月皎洁的夜晚
蝉声凄切
风冷如刀
桂树下的游子
低头细数着
不知不觉间虚度的时光

秋月明亮的夜晚
鸟声凄凉
叶落如雨
高楼上的游子
眺望着远方
不知不觉间久违的家乡

秋月光耀的夜晚
露浓如珠
水声断肠
断桥上的游子
思念着家乡
不知不觉间老去的爹娘

2015. 5. 11

一个疯子

月光下，我遇到一个人
他时而挥舞着手臂，唱着笑着
时而垂下双手落魄失魂

他踯躅在街头，像失意的莫扎特
他亲吻着月光，银灰色的嘴唇

月光下，我遇到一个人
他时而光着脚丫奔跑，放声高歌
时而掩面哭泣黯然伤神

他徘徊在水边，像失恋的情人
他沐浴着月光，银灰色的嘴唇

2016. 5. 8

忆扫帚梅

春天，我们随手撒下黑色的种子
在庭院两侧的泥土里

夏天无数的花朵摇曳在风中
洁白的花瓣，黄澄澄的花蕊
有的红如朝霞，有的恍若琥珀

隔了三十年的光阴
我回忆着童年时的院子
回忆着院子里的扫帚梅

这样朴实而热情的花朵啊
只在我孤独的灵魂里盛开

这样纯洁而独特的花朵啊
只在我流浪的足迹旁绽放

2016. 5. 8

母亲啊， 我亲爱的母亲

母亲啊，我亲爱的母亲
你有一颗高傲的心
有着一个敏感而倔强的灵魂
我的血管里流淌着你的愤怒与热情
我的身体里屹立着你的傲骨铮铮

母亲啊，我亲爱的母亲
你有一个多舛的人生
有着一个多愁多病之身
我的心里面吟唱着你的不幸与忧伤
我的眼睛里晶莹着你爱的泪水

母亲啊，我亲爱的母亲
你是我一生的牵挂
是我生命之树的根

母亲啊，我亲爱的母亲
再没有哪个人像你这样爱我
再没有哪个人像你这样
把我当作骄傲

2016. 5. 8

191

关于火车的记忆

一

我们这一代人
有着太多关于火车的记忆
父母带着我们举家迁徙
火车上装满了家具和行李
我已忘记了自己的表情
那时的我尚不懂得别离的意义
你跟在我身后，默默送我上车
我背上猛然一阵疼痛
你收回自己的拳头喊道
"嗨！不要把我忘记"
漫长的岁月模糊了你的容颜
那一拳狠狠的友谊却永远留在心底

二

我们这一代人
有着太多关于火车的记忆
有一年到大河旁边春游
我和你在大铁桥上下围棋
桥下是湍急的流水
两岸是莽莽的青山
火车呼啸着从我们身边驶过
大桥发出巨大的声响不断颤栗
风扬起我们的衣袂

我们神色自若地思考着棋局

三

我们这一代人
有着太多关于火车的记忆
十七岁第一次出门远行
转车时被坏人堵在火车站
"为什么要乞求坏人放过我们!"
你对我的胆怯甚是鄙夷
那是我第一次看到北京看到大海
第一次被人敲诈被人鄙夷

2016.5.9

泥足深陷

你双手抱住头
灯光照射着你深深的无奈
你抹去眼里的泪水
雨声掩盖了你轻轻的啜泣

桌子下你的双脚越陷越深
生活的泥淖终将彻底拥有你
你睁开疲惫的双眼
挣扎着蜗牛一样软弱无力的身体

一切都是那样残忍而坚硬
大雨过后是另一场大雨
天空没有出现彩虹

2016. 5. 9

家之殇

一只干瘦的小鸟
被囚在狭小的家里
左边的墙壁上写满自卑
天花板上涂满打击的话语

翅膀早已被粗暴地折断
眼睛不再渴望着天空
愤怒的叫声嘶哑难听
像是刚刚被车轮碾压过身体

胆怯地瑟缩在阴暗的墙角
心里感受不到一丝暖意
这是一只孤单的小鸟
被囚在狭小的家里

荒诞的时空扭曲了一切
可能性纷纷被岁月剥离
双脚早已被拴上了铅块
头脑被愤怒和压抑所占据

你扑棱着残缺的翅膀
像是落难的天使即将死去
你阴郁地望着窗外呼啸的风
心里充满了对鬼魂的恐惧

2016. 5. 9

板凳腿上的小黑猫

堂屋的板凳腿上
拴着一只幼小的黑猫
奶奶粗糙的大手搓着草绳
夏蝉在院子的枣树上聒噪

黑猫胆怯地睁着双眼
里屋堆满了农具和饲料
奶奶瘦硬的小脚迈上田埂
夏风在田野的麦芒上奔跑

黑猫小心地躲在黑暗中
墙壁上挂着隔年的玉米和辣椒
奶奶严肃的面庞挂着汗水
一陇一陇地拔去丛生的杂草

黑猫心里充满了恐怖
一根细绳让它无处可逃
奶奶家的时光凝固不前
生活像她的双手一样粗糙

从未见过奶奶玩耍与大笑
她永远在付出辛劳
堂屋的板凳腿上
拴着一只幼小的黑猫

2016. 5. 9

交通协警

你指挥着滚滚车流
像被委以重任的将军
你劝说着那些不守规则的
像高僧在普渡世人

你像蒙着双眼的
正义女神一样盲目
不知是成就了一桩罪恶
还是挽救了一个急救病人
不知是制造了下一个路口的车祸
还是追上了即将远行的情人

你像理性一样平凡
你像荒诞一样普遍
上帝讲了一个黑色幽默
你将它当成了秉持一生的规则

2016. 5. 10

爱！

赐予这个世界更多的爱吧
这是唯一能够约束人类的东西

2016. 5. 10

微尘众

如我一样的人啊
繁星一样渺茫众多
如我一样的生命啊
朝露一样短暂漂泊

只有树叶才能懂得树叶
只有泥土才能包容泥土
如我一样的微尘啊
却不懂得也不包容彼此

2016. 5. 12

美人鱼

我亲爱的美人鱼
月光照射着你曲线玲珑的身体
你醉人的微笑让人难以忘记
我们踏着银辉色的月光
走入童年最深最美的记忆

我亲爱的美人鱼
月光照射着湍急的河流
黑色的森林蔓延开去无边无际
世界上仿佛只有森林、河流
以及深情相拥的我和你

我亲爱的美人鱼
在河水玲珑的伴奏下
我为你轻歌一曲：

爱情就是美丽的星空
随着夜色温柔
随着夜色离去

爱情就像水边的玫瑰花
在春天绽放
在春天老去

2016. 5. 13

缺憾是另一种美好

情窦初开时，正青春
爱情是一种渴望
渴望花好月圆人长久
渴望春花秋月共缠绵

世事无常，青春不再
爱情是一种缺憾
不再渴望花好月圆人长久
不再渴望春花秋月共缠绵

2016. 5. 13

生活是多么无聊啊

生活是多么平淡、多么无聊啊
我压抑住了彩色的欲望
又被贫穷与道德束缚了手脚

生活是多么平淡、多么无聊啊
我放弃了内心的渴望
又被情感和责任绑住了手脚

生活是多么平淡、多么无聊啊
我收起翅膀，在泥淖中拼搏
我目光敏锐，却和蝙蝠一样在黑暗中生活

生活是多么平淡、多么无聊啊
我放弃了自由，放弃了自我
戴上了各种观念制作的枷锁

2016. 5. 14

睡　莲

从未见过这么美的睡莲
如你迷人的笑靥
静静地绽放在这温柔的夜晚
静静绽放在唐诗的江南

从未见过这么美的睡莲
如你迷人的裙裾
轻轻地飘舞在这温柔的夜晚
轻轻地飘舞在宋词的江南

从未见过这么美的睡莲
如你迷人的气息
沉沉地醉去这温柔的夜晚
沉沉地醉去这浪漫的江南

2016. 5. 14

瞬间变成别人

我是一只变色龙
瞬间变成别人
我是没有形状的水
瞬间成为他人
请让我遇到的都是天使吧
我可不想让罪恶成为我的主人

2016. 5. 14

命　运

乐于接受妥协的人
永远得不到最好的

轻易选择放弃的人
只能拥有一事无成的人生

2016. 5. 14

缺 铁

密密麻麻的波纹
嘈嘈切切乱入的雨声

零零碎碎的花瓣
纷纷洒洒散成落英

人啊，不能只有水的温柔
人啊，不能缺少铁的坚硬

像个饥渴的蓝鲸
整个大海都满足不了对情感的渴望

你是世界上最贪婪的守财奴
渴望得到的是更多的感情

支离破碎的心
需要无尽的感情将它粘合

你想要什么啊？
你这个缺铁的后生

2016. 5. 15

辑九

小满·夏至·小暑

自由快乐地笑了

我礼敬着你
自由而纯真的灵魂
像黑天鹅注视着自己的倒影
像倾听着山谷传来的回声

我注视着你
自由而快乐的灵魂
像一颗星凝视着另一颗
像是看到自己的前世与来生

自由快乐地笑了
天空露出了久违的彩虹

2016. 5. 27

智慧礼赞

平凡的人只会幻想
睿智的人则将幻想变成现实

动物只拥有有限的智力
而人类拥有无上的聪颖

一切都不再是想象
智慧使世界充满了无限的可能

2016. 5. 27

祈祷（之八）

亲爱的缪斯啊
伟大的女神！
在这安静的雨夜
我虔诚地期待着你的光临

缪斯女神啊！
接受我的邀请吧
离开了你，我只是一个木偶
空荡荡的身体里没有灵魂

缪斯女神啊！
请原谅我的懒惰与愚蠢
我将痛改前非
成为你最勤劳的仆人

缪斯女神啊！
请给我最优美的语言
请给我最深邃的思想
让我成为最好的诗人

2016. 5. 27

月 夜

庭院深深，北斗横斜
雨打梨花满地堆积
谁在思念着皎洁的月夜
绿纱窗边盈盈笑语

燕子在微风中归来
树梢又挂满蝉鸣
门前那条深沉奔流的大河
咏叹着褪色的青春与流逝的爱情

2016. 5. 27

梁　祝

像被焰火猝然击中的夜空
两颗年轻的心不再平静
似水流年，如诗如梦

彩蝶双飞，亦真亦幻
就此消逝不见
像流星倏然划过的夜空

只言片语
便已承诺了一世一生
便已胜过了世人万语千言

2016. 5. 27

生态圈

你说，自己心情不好的时候
就去看《动物世界》
扯下温情脉脉的面纱
还原动物的凶猛

你说，自己遭遇小人的时候
就想到非洲草原
它属于高贵的狮子
也属于食腐的鬣狗与秃鹰

你说，自己碰到祸事的时候
就想想热带雨林
每时每刻都有美好的事情发生
每时每刻也都有着不幸

你说，人是杂食动物
既有食草动物的温顺
也有食肉动物的凶猛
身体深处还隐藏着不易察觉的神性

2016. 5. 27

董小姐

董小姐，望着渐渐消失的夕阳
没有路标在指示那是一天的尽头

董小姐，你很早就知道了
拒绝比爱情更加具有力量

董小姐，你是个并不完美的聪明人
享受着激情燃烧的欢欣

你颀长的颈项小鹿一样美丽
非洲密集的鼓点躁动着你心中的秘密

你不喜欢分享生活分享自己的经历
你把过去随手丢弃在春天的风里

董小姐，下雨的时候谁仍然会想起你
雨停了谁的思念仍然在继续

董小姐，你们演出了一出怎样的戏剧？
《飞越疯人院》还是《天使爱美丽》？
你玩世不恭的表情轻蔑的语气
戳中了谁的痛点笑点虐里面带着甜蜜

你深深地挖了一个坑转身离去
我开始关心除了你之外的东西

2015. 6. 24

伤　痛

爱情，是一支犀利的箭
爱情，是一种粗粝的伤
是清晨天空飞翔的鸽群
在暴风雨中迷失了方向

是燕子去后留下的空巢
是古宅一样孤寂的心
是阴郁的黎明
是着了魔的花园
只有悲伤的植物才能生长

2015. 6. 28

叔本华

你的眼睛盯着空气中的某一个点
长久地静止
直到悲伤的黑夜
乌鸦一般在你的肩头落下

啊！伟大的思想者
人群中发出由衷的赞叹
发软的双膝、崇拜的目光

我转过身
从你的左眼看到的是灼人的痛苦
右眼则是无边无际的空虚

2015. 7. 9

流　星

爱情是一个顽皮的孩子
突如其来，像一阵台风
莽撞地闯进人们的心中
它在花园里跳起了欢快的踢踏舞
弄乱了一个又一个房间
又打翻了门廊上的金鱼缸

爱情是一个调皮的孩子
它卷起地面的石头
砸碎一颗颗脆弱的玻璃心
都市变成了轰炸之后的战场

"嘿！别担心，时间老人已经在路上
他会修补一切，把痛苦转化成遗忘"
爱情俏皮地扮个鬼脸，小巧的鼻尖微微上扬

爱情是个健忘的孩子，只把快乐放在心上
玩累了便躺在山坡，无忧无虑地进入梦乡
揉揉惺忪的睡眼，已经是满天星光
爱情啊，你是否看到一颗颗破碎的心
在银河里流浪

2015. 7. 9

218

乘　客

岁月是条长长的隧道
两端都消失在无尽的黑暗之中
身心俱疲的乘客闭着眼
像一袋袋土豆胡乱堆放在座位上

这些现代都市里的奴隶
在梦想的废墟上野草般杂乱地生长
一个个美好的车站都已错过
下一站是平庸的生活还是墓园倾颓的篱墙？

2015. 7. 10

我只愿此生， 平顺地度过

我只愿此生，平顺地度过
像门前的大河　静静地流向远方
我只愿此生，安详地度过
像窗外的银杏树　静静地向上生长

我是个勤勉的园丁
绝不让生命的花园变得荒芜
我的杯中已经注满了幸福和快乐
再也盛不下悲伤痛苦

2015. 7. 12

命运之网

上下两个墙角，默默守候着
两只颀长的蜘蛛
"这里对称分布着两个痴呆的傻瓜"
蚊子嘲笑道，一头扎进了看不见的命运之网

2015. 7. 13

死亡之谜

先是见到一个残损的壳　然后
是蜗牛僵硬的身体
是遇到了天敌，还是孩子的恶作剧？
没有人在乎渺小者的死亡之谜

2015. 7. 13

自由的番茄

庭院里堆放着建筑垃圾，花盆里
一株番茄枝叶茂密　一个红色果实已经成熟
另外两个却仍碧绿　它们是自由的
——不被需要也无人惦记

2015. 7. 13

人生导师

台阶是最坚硬最可靠的大理石
表面经过最细致的防滑处理，
转两个弯便是另一层楼
转很多个弯便是顶楼或平地
一个声音在说：
"黑暗中不要迟疑，尽管这是没有扶手的楼梯"

2015. 7. 13

小人物无法自我介绍

"是谁，一直在用身体
温暖着这个冷漠的世界？
又是谁，一直在默默付出从不索取？"
当听众把崇敬的目光
整齐地转向伟大的太阳，
角落里渺小的火炉
将自我介绍换成了赞颂太阳的诗句

2015. 7. 13

只是偶然

你只是几根破竹竿
只是用来让葡萄藤攀爬的空架子
我只是微不足道的附属品
只是用来装饰建筑物的墙砖
他只是一堆泥土
只是用来让人跪拜的泥菩萨

我们只是一些偶然
只是别人用来打发长夜的梦境

2015. 7. 13

生之堕落

人在年轻时　若无高尚的追求
不如死去
世界上太多的行尸走肉
浑身散发着糜烂的气息

2015. 7. 13

现代人

现实是梦想的奴隶
幻想把真实奴役
贪吃蛇一样
吞下无数莫名其妙思想
心灵
被孤独和空虚占据

2015. 7. 13

无 题

树叶离别了树木
飘落得无声无息　树木
仍在健康生长
树叶在泥土中渐渐死去

2015. 7. 13

最痛苦的记忆

从不需要想起，苦于不能忘记
生命中太多关于你的记忆　爱情于我
是再真实不过的东西

秋季已过，冰冷冬雨
我带着一颗日渐坚硬的心走过四季
我学会了欺骗世界　用一张假笑面具
更多的时候　我在欺骗自己

告诉自己不再想你　告诉自己不再爱你
告诉自己都已过去　告诉自己善待自己

你是一根铆钉，深深嵌在我的灵魂里
你是我的灵魂，你是我最痛苦的记忆

我希望有一天不再想你
面朝大海，静静地呼吸
我只希望时间能治愈一切
我只希望不再生活在记忆里

2015. 7. 15

别人的故事

你告诉我一个故事，一个春天的故事
你眼神变得明亮，仿佛突然喜悦
又像是在凝望星空
语气却很淡漠，仿佛在讲述别人的故事

春天最适合爱情
他们俩相遇相知相爱
仿佛沙滩拥抱着浪花
仿佛露珠热爱着黎明

春天最适合童话
他们俩相亲相爱相拥
仿佛堤岸拥抱着河水
仿佛远山热爱着晚霞

你告诉我一个故事，一个春天的故事
你眼神变得黯淡，仿佛突然失明
又像是乌云布满天空
语气却很淡漠，仿佛在讲述别人的故事

"我告诉你一个故事，一个没有结局的故事"
——叙述突然中止

冷月无声
蟋蟀在窗外演奏了一夜的乐曲

2015. 7. 15

爱

在我们的血液里
——爱是与生俱来的东西
爱使我们感到温暖
——带给我们快乐和信心
也让我们痛苦和绝望
——甚至不愿继续活下去

爱是温柔的月色
——也是炙热的骄阳
爱是溶溶的春风
——也是冰冷的秋雨

爱神是浪漫的花仙子
让我们流连于满园春色
爱神是冷酷的铁匠
让我们经历熔炉、砧板和
冷水的洗礼

一切最深刻的体验
都与爱息息相关
爱是生命的起点
也是生命的意义

2015. 7. 16

五维空间

一个又一个维度
折尺一样依次展开
在三维世界一闪而逝的
其实并未真正离开

没有什么可以失去
我们同时拥有过去、现在和未来

我走进过去那些愉快的岁月
又见到那些美丽的面容
又闻到那些熟悉的味道
又听到那些曾经的对白

离开过去，迈进未来
我看到自己仿佛是被遗忘在餐桌上的食物
正在逐渐衰败：病痛、孤独、空虚……
这些从不排队的恶棍纷至沓来
早已过了约好的时间
该死的死神却迟迟不肯到来

逃离惊悚的未来，回到混乱的现在
不敢再把时光胡乱翻阅　我细心地记录下
那些装着快乐的房间的号码牌

2015. 7. 17

热　爱

我热爱奔腾不息的江河
热爱雨后热情的蛙声
热爱掀起大海波涛
带来阵阵松涛声的猛烈的风

我热爱飒然而至的骤雨
热爱夏日热情的蝉鸣
热爱唤起满腔热血的
激昂的乐曲

我热爱着天空和大地
热爱着与我一样生长在天地间的生命

2015. 7. 18

辑十

大暑·立秋

世俗生活

洁白的雪山更适合明信片
世俗的生活更适合我
人类历史是个瘸腿巨人
猫踩着橡木桶滚过街道
妓女百无聊赖地吐着烟圈

2016. 7. 27

爱情赢家

那一刻，你知道自己走了出来
你捧着爱情的骨灰盒
而非它捧着你的

2016. 7. 28

站　台

在金钱面前
爱情显得苍白无力

在爱情面前
亲情变得不堪一击

时尚炫丽、纸醉金迷
时代的列车快乐地驶向低俗

一些人被遗忘在站台上
没有人留在原地

2016. 7. 28

极　限

美丽的极限是丑陋
青春的极限是衰老
生命的极限是死亡
反之不然
空心人啊，你把心送了出去
再也要不回来

快乐的极限是痛苦
希望的极限是绝望
生活的极限是虚无
反之不然
痴心人啊，命运的硬币翻了个面
再也没有翻过来

2016. 7. 28

不完美作品

我们是神不完美的作品
不完美是我们的属性
追求完美是我们的另一个属性

爱神创造了我们
我们却不怎么富有爱心

2016. 7. 28

如果担忧有用

你总是在担忧和抱怨
像一个生气的孩子
噘着嘴缩在墙角里边

一切下坠的东西都令人感到舒适
你无法拒绝悲伤的诱惑
任由一切滑向更深的深渊

如果担忧有用，亲爱的
我将放纵情绪的洪水
让两颗心沉入舒适的黑暗

我断然拒绝这无用的担忧
拒绝颓废温柔的诱惑

当一切都沉沦的时候
让我们依然选择逆风飞翔

2016. 7. 29

定 格

凌晨四点，在空无一人的大街奔跑
看一眼寥落的晨星
梦想和岁月哪个剩得更少

凉爽的夏风掠过水面
如潮的记忆涌入脑海
天空垂下如翼的云彩
有梦想永不言败

仰望天空，告别过去
像水鸟一样飞翔得舒缓自在
思绪是草原上飞奔的野马
跛脚的身体追不上它的步伐

梦想是风的孩子
任性也就由它
笑话任人笑话
没什么好害怕

一切都在流动
要把永恒的脚印留下

2016. 8. 2

燕　子

突然，天空变得明亮
燕子追逐着水面上跳动的阳光
蒲公英从你的手中飞起
暴风雨带来黑色死亡

突然，世界变得寂寞
候鸟迁徙后北方空旷
绣球花从你的眼中滑过
西伯利亚的风席卷忧伤

我收回眺望的目光
直视大地裸露的胸膛
燕子啊，你只拥有温暖的春天
岁月啊，赠与我寒冬的深刻与苦难

2016. 8. 2

一条少有人走的路

青苔与落叶下隐约着
一条少有人走的路

告别了整个世界
我与自己同行

树高水淼，满耳秋声
大自然令我满怀喜悦

告别了整个世界
我终于不再孤独

我不再是我
我成为了一只蝉
将壳留在树干
自己爬上树梢歌唱

2016. 8. 9

心　愿

用来酿酒的都是不好吃的酸葡萄
最难忘记的不是快乐，而是痛苦

如果说我有什么心愿
那就是希望享受生命中的快乐
忘记过去的痛苦

2016. 8. 9

过去的岁月

它是一个寂寞的雕刻家
是划过天际的一道闪电
它塑造了现在的我
又将我的心彻底击穿

过去的岁月啊
一切的忧郁和彷徨
都能在其中找到答案

我向世界寻求意义
世界却塞给我大把大把的荒诞

2016. 8. 9

选　择

太多的事我们无法选择
生命是一片脆弱的树叶
在阳光下枯萎
在阳光下透明

欢笑时尽情欢笑吧
趁命运的大手
还没有扼住你的喉咙

生命中的每一份美好
都让我的心灵因喜悦而颤抖
岁月黯淡了生命
却拨亮了艺术的明灯

2016. 8. 9

终于，我变成了一株大树

终于，我变成了一株大树
昂然挺立在天地之间
不再期盼，无需忍耐
万物与我浑然一体

2016. 8. 10

有着三棵银杏树的房子

我并不喜欢这个房子
破旧的墙壁，晦暗的庭院
楼梯扶手锈迹斑斑
只有庭院中那三棵银杏树绿意盎然

日子一天天过去
心情也变得日益陈旧晦暗
房子和我之间
依然秋风一样冷淡

妻子买来古铜色的吊灯
庭院铺满美丽的风景
房子重新焕发了青春
到处都洋溢着妻子对生活的热爱与深情

我也开始喜欢这所房子
将鲜花与金桔种在屋后房前
由于我的轻信与愚蠢
却要在它最美丽的时候说再见

我懊悔自己的轻信与愚蠢
懊悔自己的错误却让家人承担
这是一所破旧的房子
是你的美德将它变成华丽的宫殿

2016. 8. 18

第五个季节

我是一株大树，被土地束缚了双脚
我是一条河流，挣脱不了两岸的怀抱

我是你随手丢弃的树叶
回忆着采摘时你眼中的欣喜

我是卑微的尘土，是尘土里开出的花朵
我是平常的岩石，是洒满露珠的晨曦

我是你错过的第五个季节
我是迷恋上大海的淡水鱼

2016. 8. 18

张爱玲时代

大街上并不宽敞
幽深的弄堂里坐着瞎子阿炳
困窘中朴实地活着
肩负着重担才能留下坚实的背影

不必故作悲戚
乐曲发自肺腑感人至深
生命并不美好
幸福只是昙花一瞬

恶与善，口号一般斩截有力
泪与笑，窗纸上薄如蝉翼的黎明

这是怎样深刻而丰富的时代啊！
有着耀眼的智慧
也有着令人畏惧的苦难与伤痛

2016. 8. 18

辑十一

处暑·白露

失忆者

我徜徉在河边小径
像一只孤独的大象漫步在丛林
风筝一样巨大的白色水鸟
被我沉重的脚步声惊起

枯枝在河水里投下扭曲的暗影
秋风在树叶上写满死亡的诗句
夏日娇艳的水仙花
如今正在日渐枯萎

我徜徉在河边小径
像一只空空的贝壳——
没有肉体和欲望
也失去了关于大海与浪漫的记忆

2015. 9. 2

猴　子

狂欢节的花车经过猎人宁静的门廊
他无视眼前的欢乐
石雕一般凝视着远方

从充满希望的黎明到绝望的黄昏
捉进铁笼它就撕碎铁笼
丛林中捕捉猴子的猎人

从冰雪覆盖的大兴安岭到湖泊遍布的热带雨林
套上枷锁它就扯断枷锁
除了痛苦和疲惫一无所获的猎人

2015. 9. 3

身 体

你只是灵魂的躯壳
还是灵魂只是你的奴隶？

灵魂燃烧的时候
身体如灯罩一般明亮

身体健硕的时候
灵魂像潮水一样澎湃不息

轻些呵，这喧嚣的都市
闭嘴吧，这聒噪的欲望

让我再次倾听灵魂的夜曲
让我再次感受身体的高贵

2016. 9. 1

变形记

天穹中伸出一只大脚
将楼房踏碎，汽车踩瘪
人们一个个都被挤压得变了形

心室变得狭小压抑
肢体扁平如纸毫无弹性

沉重的叹息尘埃一般落下
厚重的尘埃叹息一般落下

只能如此，这就是生活！
只能如此，这就是人生！

2016. 9. 2

梦　想

总是在期盼中度日
我伸出手
却摸不到梦想的羽翼

总是在渴望中生活
我迈开脚
却追不上时间的步伐

听啊，终于有人来敲门
是手执镰刀的死亡使者
还是赐予我灵感的缪斯女神

2016. 9. 2

祈祷（之九）

缪斯女神啊！
请原谅我的俗气与愚钝
尘世间的纷扰常常蒙蔽了我的双眼

我迷失在欲望丛林
听不到你的呼唤
也看不见明亮的北斗星

缪斯女神啊！
请赐予我灵感和能力
请允许我临摹你的作品

你用朝霞与云朵制成绚丽的霓裳
你用满天星斗点缀黑色的舞裙
你用灵感装饰我的眼睛
让它们如冰雪一样晶莹

2016. 9. 5

城市的尽头

大地的尽头是——
"冰山与大海"

星空的尽头是——
"朝霞和蓝天"

城市的尽头是另一座城市
爱情的尽头是无限的思念

我们沉浸在黑暗之中
你的声音却绽放了一山坡的春天

2016. 9. 5

激　流

在众人的视野之外
河流在激越地流淌
夜幕遮住了高大的乔木
也遮住了脚下卑微的泥土和野草

起初只是一股清泉
渐渐汇集成澎湃的溪水
在众人的视野之外
河流在激越地流淌

大雪覆盖住了高耸的山峰
也覆盖了山谷中低矮卑微的村庄
千万骏马奔腾而来
大地颤抖着迎接将要到来的改变

2016. 9. 5

初秋寄远

面对幸福的时光
我们扭转过自己的脸
不幸的诗人啊
用痛苦结成艺术的蚕茧

窗外我们喜爱的绿叶
秋风中正在与死神交谈
大地上欢唱的夏虫
早被命运扼住喉咙

生命是绚丽的朝霞
也是一首哀伤的歌
从春唱到秋，从早唱到晚

2016. 9. 5

股民鱼

出于无知，或者为了满足贪婪
又一只咬着饵料与钩子的鱼被钓上来
它的尾巴猛烈地敲击着地面
每一次都更加吃力

这些弄潮的宠儿，碧波里的居民
上一刻还在追逐着跳跃的阳光
惬意地吹着水泡，
享受着作为一条鱼的幸福

它正在绝望中窒息
疲惫的身体渐渐失去活力
可怜的鱼儿临死前还在自责
全然不知这都是钓鱼者的诡计
在一条洒满钓饵的河流上
受害者不是他就是你
我是个等待救赎的股民
嘴里满是死亡苦味儿的鱼

2015. 9. 7

温暖

——纪念孙德金师兄

你像是冬夜中的小屋
窗口散发着敦厚的光
温暖着与你相遇的
每一位陌生的路人

握住你宽厚的手掌
死神与你执手而行
那无尽的美好
转瞬间化为夜空中一颗朴实的恒星

2016. 9. 7

图书在版编目（ＣＩＰ）数据

唯有幸福不可阻挡 / 郑晓雷著. -- 武汉 ：长江文
艺出版社，2017.7
ISBN 978-7-5354-9674-4

Ⅰ. ①唯… Ⅱ. ①郑… Ⅲ. ①诗集－中国－当代
Ⅳ. ①I227

中国版本图书馆 CIP 数据核字(2017)第 112393 号

责任编辑：沉 河 胡 璇　　　　　责任校对：陈 琪
封面设计：云沐水涵　　　　　　　　责任印制：邱 莉 胡丽平

出版：　　长江出版传媒　　　长江文艺出版社

地址：武汉市雄楚大街 268 号　　　　邮编：430070
发行：长江文艺出版社
电话：027—87679360
http://www.cjlap.com
印刷：武汉市首壹印务有限公司

开本：640 毫米×970 毫米　　　1/16　　　印张：17.75　　插页：2 页
版次：2017 年 7 月第 1 版　　　　　　2017 年 7 月第 1 次印刷
行数：5217 行

定价：36.00 元

版权所有，盗版必究（举报电话：027—87679308　　87679310）
（图书出现印装问题，本社负责调换）